기억술사

0

KIOKUYA 0

© Kyoya Origami 2019

First published in Japan in 2019 by KADOKAWA CORPORATION, Tokyo.

Korean translation rights arranged with KADOKAWA CORPORATION, Tokyo

through Shinwon Agency Co., Seoul.

오리가미 교야 장편소설 | 김수지 옮김

기억술사

0

기억의 원점

arte

차례

일러두기

옮긴이주는 괄호 안에 '옮긴이'를 함께 넣어 표기하였습니다.

오후 다섯시 이십칠분,
관람차 안에서

저녁 식사 후 디저트로 사과를 먹고 있을 때였다. 이웃
집에 사는 소꿉친구 마키가 집에서 편도 한 시간 반 정도
떨어진 놀이공원에 가자는 말을 꺼냈다.

 파트타임 야간 근무 일정이 있었던 료이치의 엄마는 마
키와 배턴 터치하듯 나가버렸고 아빠도 아직 들어오지 않
은 상태였다. 두 사람은 마키가 놀러 오리라 생각해서 준
비한 이 인분의 사과를 식탁에서 같이 먹고 있었다.

 마키는 료이치가 매주 사 보는 소년만화 잡지에 연재되
는 만화를 좋아해서 발매일 저녁이면 꼬박꼬박 료이치의
집에 출석 도장을 찍는다. 료이치는 이제 숙제를 할 생각
이어서 다 먹으면 잡지를 집에 가져가서 보라고 마키에게

말하려던 참이었다.

마키의 아빠가 추첨에서 당첨됐다나 당첨된 사람한테 받았다나, 아무튼 마키는 무료 티켓 두 장이 있다고 했다. 학교 친구랑 가라고 했더니 마키는 뭘 모른다는 표정으로 입을 비죽였다.

"두 장뿐이라서 좀 그렇단 말이야. 여자들끼리는 그런 거 얼마나 민감한데. 한 명한테만 가자고 할 수가 없다고."

그런가.

놀이공원이 대체 몇 년 만인지.

딱히 주말 일정도 없으니 같이 가도 상관없지만 여럿이서 시끌벅적하게 간다면 몰라도 어린 여자아이와 둘이서 놀이공원에 간다고 생각하니 왠지 멋쩍은 기분이 들었다.

마키는 망설이고 있던 료이치의 손에 티켓을 쥐어주며 말했다. "뭐 어때? 마침 공짜 표가 생겼으니 데이트 연습이라고 생각하면 되잖아."

"뭔 소리야. 네가 상관할 일 아니야."

"그럼 내 데이트 연습이라고 생각하고 도와줘."

료이치는 손에 들린 티켓으로 시선을 떨어뜨렸다. 유효기한이 빨간 스탬프로 찍혀 있었다.

료이치보다 세 살 아래인 마키는 지금 중학교 이학년

이다.

고등학생인 료이치 눈에는 아직 어린애 같았지만, 유치원에 다닐 때부터 알고 지낸 탓에 유난히 더 어리게 느껴지는 것일지도 모른다. 그런 마키가 데이트 연습이라니. 뭔가 신기하기도, 흐뭇하기도, 쓸쓸하기도 한 복잡한 기분이 들었다.

"그러지 뭐."

료이치의 중얼거림을 놓치지 않은 마키는 "그럼 약속한 거다" 하며 그 자리에서 날짜까지 정해버렸다.

그런 연유로 지금, 료이치는 마키와 단둘이 놀이공원에 있다.

줄 서서 인기 있는 놀이 기구를 차례로 타기도 하고, 롤러코스터는 두 번이나 탔다. 마키가 졸라서 사진도 몇 장 찍었다. 음료는 바깥 편의점에서 페트병에 든 녹차를 사 왔고 놀이공원 안에서는 터무니없는 가격의 핫도그와 소프트 아이스크림을 먹었다.

티켓은 공짜로 얻었고 오빠이기도 하니 핫도그와 소프트 아이스크림은 자신이 샀다.

해가 저물기 시작해 이제 슬슬 돌아가자는 말이 나왔을

때, 마키가 마지막으로 관람차를 타고 싶다고 말했다.

체력이 떨어져 피곤한 상태였지만 마무리로는 나쁘지 않을 것 같았다. 자극적인 다른 놀이 기구와는 달리 관람차를 타려고 기다리는 줄도 없었다.

조금도 기다리지 않고 올라탄 곤돌라는 느릿느릿 올라가기 시작했다.

맞은편에 앉은 마키는 타고 싶어 했던 것치고는 별반 들뜬 기색도 없이, 창밖으로 아래를 내려다보고 있었다.

*

문득 정신이 아득해지는 느낌이 들어 눈을 깜박이자 낯선 경치가 보였다.

창문 너머로 보이는 하늘과 알록달록한 색깔의 철골, 하늘 속의 곤돌라.

아, 맞다. 여기는 관람차 안이다. 마키와 함께 온 놀이공원의 관람차.

맞은편에 앉은 마키는 창틀에서 턱을 괴고 밖을 내다보고 있었다. 석양빛이 옆얼굴을 비추었다.

"어우, 한순간 멍해졌어. 미안."

"한순간이 아니야. 족히 삼 분은 잤다고. 믿기지가 않네."마키가 지르퉁한 목소리로 말했다.

이쪽으로 눈을 흘겼다가 토라졌다는 듯 고개를 돌렸다.

"미안하다니까."료이치는 머리를 긁적였다.

마키는 턱을 괴고 있어서 입언저리가 손바닥에 가려 보이지 않았지만 분명 양쪽 입꼬리가 내려갔을 것이다. 곤돌라 안은 온통 노을빛이었다.

"석양 예쁘다."

마키는 그렇게 말하며 실눈을 떴다. 료이치도 밖을 보았다.

정말로 눈이 아릴 정도의 석양이다.

그래서였을까.

료이치 쪽을 보려 하지 않는 마키의 눈이 물기를 머금은 듯 보였다.

마키는 얼버무리듯, 료이치에게 표정을 들키지 않으려는 듯, 고개를 살짝 기울이며 "눈부시네"라고 중얼거렸다.

미래를 위하여

다카하라 도모아키가 사무소 상담실에서 의뢰인과 교통 사고 손해 배상 청구 상담을 하고 있을 때였다.

　　"맞다, 다카하라 선생님. 혹시 기억술사 아세요?"

　　의뢰인인 이리에 미즈키가 불쑥 그런 말을 꺼냈다.

　　기억술사……. 잊고 싶은데 잊히지 않는 기억을 가진 사람 앞에 나타나 그 기억을 지워준다는 도시전설 속 괴인. 애들이나 좋아할 법한 소재다.

　　법률 사무소의 상담실과는 어울리지 않는 화제였다.

　　하지만 다카하라는 '그게 뭐예요' 하며 웃을 수가 없었다.

　　처음 듣는 이름이 아니었으니까.

*

　반년 전쯤, 다카하라는 지인의 부탁을 받고 세가와 이즈미라는 여고생과 그녀의 모친인 게이코를 만났다.

　법률 상담을 할 때는 보통 의뢰인이 사무실에 오게끔 하는데, 그때는 다카하라가 세가와 이즈미의 집으로 가서 이야기를 나눴다. 이즈미가 집 밖으로 나오지 못하는 상태였기 때문이다.

　이즈미는 공교롭게도 이리에 미즈키처럼 교통사고 피해자였다. 하지만 사고를 일으킨 가해 차량은 그녀의 몸은 털끝 하나 건드리지 않아서 엄밀히 따지자면 '피해자'라고 정의할 수 있을지 의견이 분분할 것이다. 지금까지 비접촉 사고 상담은 수차례 해왔지만 이즈미의 상황은 조금 달랐다.

　아침 시간, 그것도 등굣길과 출근길에 나선 보행자가 많은 시간대였다. 가해 차량이 신호를 무시하고 횡단보도로 돌진해 길을 건너던 여고생 두 명을 들이받는 사고가 발생했다. 차에 치인 피해자 중 한 명은 사망했다.

　피해자들은 이즈미보다 약 2미터 정도 앞서 걷고 있었다. 같은 교복이었지만 학년이 달라 모르는 학생이었다고 한다.

　이즈미는 몇 초 전까지 웃으며 걷던 소녀들이 차에 치여 날아가는 광경을 목격했다. 그리고 그때 이후로 집 밖으로 나가지 못하게 됐다.

　"엄마도 그런 일은 평생에 한 번 있을까 말까 한 정도라고 하셨는데, 머리로는 알지만 몸이 말을 안 들어요. 너무 너무 무서워요."

　거실의 이 인용 소파에 엄마와 나란히 앉은 이즈미는 차분해서 아무 문제도 없어 보였지만, 사고 이야기를 꺼내자 표정이 굳더니 무릎에 얹은 주먹을 바들바들 떨기 시작했다.

　안전해야 할 횡단보도로 속도를 줄이지 않고 돌진한 차량, 충돌음, 귀가 찢어질 듯한 급브레이크 소리. 그 모든 것이 끝도 없이 꿈에 나와 잠을 설치는 나날이 이어졌다고 한다.

　"쾅, 하고 부딪히더니 눈앞에서 사람이 사라지고, 끼긱 하는 엄청난 소리가 들리면서, 뭔가, 타는 냄새 같은 게 나는데……. 화재 사고가 아닌데 왜 탄 냄새가 났는지는 모르겠지만 그런 냄새가 났어요. 그런 것들이 한꺼번에 밀어닥치면서 눈이 떠져요……."

타는 듯한 냄새는 급정거를 하면서 타이어가 도로를 긁을 때 나는 냄새였으리라.

게이코가 딸을 달래듯, 힘없이 늘어진 어깨에 손을 얹었다.

"집에서 나가려고만 하면 그때 본 것과 소리와 냄새가 들이닥쳐요. 꿈에서 그랬던 것처럼 마구 밀려드니까 제가 어떻게 할 수가 없어요. 몸이 굳어서 한 발짝도 걷지 못하겠어요……."

집 안에서는 평소처럼 생활할 수 있는데, 밖으로 나가려고만 하면 사고 때 기억이 떠올라 공황 상태에 빠져버린다고 했다.

이즈미는 사고로 부상을 입은 건 아니지만 사고를 목격한 탓에 마음에 상처를 입었다. 가해자인 차량 운전자에게 손해 배상을 청구할 수 없는가, 하는 것이 다카하라에게 묻고 싶은 내용이었다.

비접촉 사고에 관한 상담 자체는 그리 드물지 않다. 예를 들어 보도에서 갑자기 튀어나오거나 갑작스레 차선 변경을 한 차량을 피하려다 오토바이 또는 자전거가 넘어졌다는 유의 케이스는 가끔 있다. 그 또한 교통사고라는 점은 동일하기에 손해 배상의 대상이 된다.

하지만 이즈미의 경우에는 신체적인 외상이 없다는 게 문제였다. 그녀가 사고를 겪었다고 할 수 있을지도 모호했다. 객관적으로 보면 이즈미는 그저 눈앞에서 사고를 목격했을 뿐이었다.

법적 절차를 진행할수록 결코 쉽지 않다는 걸 깨달았다. 손해라고까지는 할 수 없지만 불리한 점투성이인지라 최악의 경우에는 아무것도 얻지 못한 채 끝날지 모른다. 그런 사건이다. 변호사로서는 애초에 수임 여부를 결정하는 시점에서부터 신중할 수밖에 없었다.

이야기를 얼추 끝내자 게이코가 이즈미를 거실에서 내보냈고 두 어른만 남았다.

힘이 되고픈 마음은 굴뚝같지만 도움을 줄 가능성이 보이지 않는 상황에서는 발을 들인들 뾰족한 수가 없다. 변호사로서 적극적으로 소송을 권유할 수는 없다고, 게이코에게 솔직히 말했다.

그녀는 냉정하게 이야기를 듣더니 알고 있다고 대답했다. 그러면서도 할 수 있는 건 해보고 싶다고 덧붙였다.

"이즈미는 지금도 바깥에 나가려고 하면 다리가 얼어붙어요……. 외출을 못 하니 심리 치료를 받으러 가지도 못하죠. 방문 카운슬링도 요청했지만 별로 효과가 없었고요."

게이코는 딸과 비슷한 동작으로 무릎에 얹은 손을 꽉 쥐며 얼굴을 찡그렸다.

"시간이 지나면 기억이 흐려져서 언젠가는 외출할 수 있을 거라 생각했어요. 하지만 벌써 일 년이 다 돼갑니다. 이대로 마냥 손 놓고 기다릴 수는 없으니…… 뭐든 하고 싶어요. 가해자와 합의를 하거나 소송해서 결론이 난다면 일단락 지을 수 있지 않을까, 그걸 계기로 이즈미도 극복할 수 있지 않을까 해서요. 의미가 있을지는 모르겠지만 조금이라도 희망이 있다면 해보고 싶습니다."

솔직히, 승소 가능성이 희박한 소송을 제기하는 것이 이즈미의 회복에 도움이 되리라는 생각은 들지 않았다. 하지만 모녀가 시도하기를 원하고 변호사로서의 자신을 믿어준다면…… 변호사로서 할 수 있는 일을 하는 수밖에 없었다.

"알겠습니다. 제 능력껏 한번 해보겠습니다."

다카하라의 말에 그녀는 눈물을 글썽이며 고개 숙여 인사했다.

계약서를 주고받기에 앞서 다시 한번 향후 방침을 논의했다. 모녀가 원하는 게 배상금 자체가 아니라는 사실을 알았으니 가능한 한 희망 사항에 부합하는 형태로 해결할 수 있도록, 숙고하며 이야기했다.

"가해자의 사과를 받고 싶다는 분은 많지만 재판을 해서 이겨도 사죄를 강제할 수는 없습니다. 그래서 보통 소송을 제기할 경우 사죄가 아니라 배상금을 요구하게 되는데…… 조정 단계에서는 돈을 요구하지 않는 대신, 또는 감액을 하는 대신 사죄해달라는 식으로 교섭을 시도할 수도 있습니다."

다카하라의 설명을, 게이코는 진지한 표정으로 들으며 몇 번이나 고개를 끄덕였다.

"가해자의 사과만 받을 수 있다면 배상금은 받지 않아도 돼요. 사과하지 않는다고 해도 그 또한 어쩔 수 없다는 것도 알겠습니다. 그 경우에는 상대가 보험사여도 상관없으니 배상금을 청구해주세요. 합의를 하건 소송이 끝나건 어떤 식으로든 결론이 나면…… 그러면 사고를 '끝난 일'로 간주할 수 있을 것 같아요. 이즈미의 마음속에서 일단락 지을 수만 있으면 됩니다."

소송까지 가든 안 가든 애당초 사고와의 인과관계가 없으면 문전박대당할 가능성이 높지만 밑져야 본전이었다. 가해자가 사죄를 하거나 보험사가 적게나마 비용을 부담하게 되면 좋고, 만일 합의에 응하지 않을 경우에는 그때

다시 소송을 제기할지 말지 의논하기로 했다.

게이코의 배웅을 받으며 현관에서 인사를 했을 때 안쪽 방에서 전화벨 소리가 들려왔다.

"그럼 살펴 가세요. 전 실례하겠습니다."

다카하라는 미안해하는 그녀에게 손을 흔들어 보인 뒤 현관문을 열어 밖으로 나갔다.

현관이 있는 쪽을 제외한 집 부지의 삼면이 담장으로 둘러싸여 있었다. 집에서 출구까지는 1미터 거리만큼 납작돌이 깔려 있고 그 오른쪽에는 작은 정원이 있다.

출구 쪽으로 걷다가 무심코 정원으로 고개를 돌렸는데 이즈미가 툇마루에 걸터앉아 있는 모습이 보였다. 아까 다카하라가 일어날 때 게이코가 이 층을 향해 불러도 내려오지 않는다 싶더니 여기 있었던 모양이다.

다카하라가 돌층계에서 벗어나 한 발짝 다가가서 "갈게"라고 말하며 인사하자 이즈미는 얼굴을 들었다가 꾸벅 고개를 숙였다.

"반년 정도 지나고 정원에는 나올 수 있게 됐어요."

울타리도 있고 차는 안 들어오니까. 이즈미는 혼잣말을 하듯 중얼거리며 정원용 샌들을 신은 자신의 발끝을 물끄러미 쳐다보았다.

"그렇구나."

"네."

정원은 툇마루가 있는 방과 이어져 있어서 현관문을 열지 않아도 된다. 담장에 에워싸여 있지만 조금만 왼쪽으로 가면 문기둥 밖으로 이어지는 돌들이 깔려 있었다. 일어서서 목을 내뽑고 보면 집 앞 도로가 보인다.

하지만 이즈미는 왼쪽을 보지 않는 것 같았다.

다카하라의 시선을 느꼈는지, 이즈미는 얼굴을 살짝 들더니 말했다. "조금씩 익숙해질 수 있게 그쪽으로 가까이 가보기도 해요. 이제 여기에서 밖을 보는 것 정도는 할 수 있어요."

"노력하고 있네."

겸연쩍은지 살짝 웃고는 답답하다는 듯 말했다. "무진장 느리긴 하지만……."

그러고는 한동안 다리를 앞뒤로 흔들거리며 자신의 다리를 가만히 쳐다보았다. 무언가 하고픈 말이 있다는 느낌을 받았기에 다카하라도 잠자코 기다렸다.

이윽고 이즈미는 다카하라 쪽을 보지 않고 나지막이 내뱉었다. "저, 사실은, 운전한 사람이 벌을 받았으면 좋겠다든지 돈을 받아내고 싶다든지, 그런 생각 안 해요."

엄마 앞에서는 털어놓지 못했을지도 모른다. 그러나 게이코는 알고 있으리라.

"응. 그럴 것 같았어."

"용서 못 하겠다는 그런 마음도 아니에요. 그것보다 어떻게든, 예전처럼 밖을 걸어 다녔으면 좋겠어요. 사고 기억, 잊을 수만 있다면 다 잊고 싶어요. 잊는 건 무리겠지만 괜찮아질 수 있게……. 치료에 돈이 든다면 그, 소송? 같은 것도 해도 되겠다 싶고, 그냥 딱 그 정도예요."

"그래."

예상한 대로다.

이즈미의 바람은 그저 잊는 것이었다. 하지만 엄마도 다카하라도 그녀에게서 사고 기억을 없앨 수는 없다.

그러니 어떻게든, 이즈미가 원하던 바는 아니지만 딸을 위해 할 수 있는 걸 찾고픈 마음에 게이코는 트라우마의 원인을 상대로 '법적 결론을 내리는' 방식을 생각해냈다.

다카하라는 시간이 해결해주기를, 상처가 희미해지기를 기도하며 곁을 지키는 것만으로도 의미가 있다고 생각하지만 엄마는 그것만으로는 버틸 수 없었던 것이다. 딸을 위해 무언가를 함으로써 그녀 스스로도 마음을 다잡으려는 걸지도 모른다.

이즈미 또한 그걸 알기에 엄마를 말리지 않는 듯했다.

"교통사고 피해자를 지원해주는 비영리 단체를 소개해줄게. 방문 상담도 하는 곳이야. 여러 방면으로 시도해보면서 조금씩 괜찮아지면 되는 거야. 나도 최선을 다할게."

이즈미는 양손으로 툇마루를 짚은 채 "네, 감사합니다" 하며 고개를 끄덕였다.

그 모습에서 그녀가 카운슬러에 별 기대를 하지 않는다는 걸 알 수 있었다. 게이코가 방문 카운슬링도 해봤지만 효과가 없었다고 했으니 이미 체념했을 수도 있다.

다카하라가 건넬 말을 찾는데 이즈미가 불쑥 뭔가 떠올랐다는 듯 고개를 들었다.

"선생님, 혹시 이 근처에 초록색 벤치가 어디 있는지 아세요?"

"벤치?"

그런 건 왜 묻나 싶었지만 모처럼 이즈미가 말을 걸어줬으니 기억을 더듬었다. 벤치쯤이야 도처에 있으나 평소 색깔까지 신경 쓰지는 않는 탓에 좀처럼 떠오르지 않았다.

"좀 멀긴 한데, 2초메 버스 정거장 앞에 있는 공원 벤치가 어두운 초록색이었던 것 같아. 어디인지 알겠니? 도서

관 옆에…… 아, 도서관 앞에도 벤치가 있다. 그런데 색깔은 기억이 안 나네."

"2초메라……. 거기까지 갈 수 있게 되려면 시간이 얼마나 걸릴까."

이즈미가 몸을 젖혀 하늘을 올려다보더니 크게 숨을 내쉬었다.

오늘 본 모습 중 가장 제 나이에 맞는 동작이었다. 속내를 조금은 털어놓으려는 걸까.

"초록색 벤치를 찾니? 왜?"

다카하라가 묻자 이즈미는 곧장 대답하지 않고 그저 빤히 쳐다보았다. 말을 할지 말지 고민하는 것 같았다.

이내 시험하듯 다카하라에게서 시선을 떼지 않고 물었다. "기억술사를 아세요?"

"기억술사?"

금시초문이었다.

앵무새처럼 되묻자 이즈미는 그가 아무것도 모른다는 것을 알아차린 듯했다.

"모르면 됐어요."

시선을 돌리고는 아쉽다는 듯, 그러면서도 왠지 안도했다는 듯, 그녀는 눈꼬리를 내린 채 미소를 지었다.

"공원까지 못 가니까 어차피 만나지 못할 테고. 그냥 와 줬으면 좋겠다고 생각했을 뿐이에요."

선생님, 고마워요.

그 말을 끝으로 소녀는 입을 닫았다.

캐물은들 이 이상 대화가 이어지지는 않을 것이다. 그걸 알기에 다카하라도 발길을 돌렸다.

애당초 다카하라는 그녀의 상담사도, 친구도 아니다. 대리인으로 활동하는 데에 필요한 범위를 넘으면서까지 사생활에 관여할 필요는 없고, 그래서도 안 된다. 그저 잠깐의 소소한 대화만으로도 조금은 좋은 자극이 되어 그녀가 다시 일어서는 데 도움이 됐으면 좋겠다고 생각했다.

다카하라가 다시 걷기 시작한 뒤에도 이즈미는 툇마루에서 꼼짝 않고 푸르른 정원을 보고 있었다.

기억술사라는 이름이 귓전에 아른거리는 통에 사무실로 돌아와 인터넷 검색을 해보았다.

아무래도 도시전설의 일종인 듯했다.

지우고 싶은 기억을 지워주는, 신묘한 능력을 지닌 괴인이 간절히 원하는 자 앞에 나타난다. 그 괴인의 이름이 기억술사였다.

썩 유명한 이야기는 아닌지 정보는 단편적이었다. 기억술사는 잿빛 코트를 입었다, 해 질 무렵에 나타난다, 한 번 지워진 기억은 되살릴 수 없다, 기억술사에 관한 기억도 지워지기 때문에 기억을 지운 사람은 기억술사의 얼굴도 모른다……. 누가 어떻게 됐다더라 하는 스토리도 거의 없는데 어쩌다 이런 도시전설이 유행하게 됐는지 신기할 따름이었다.

(아, 유행은 아니겠네.)

이즈미에게 듣기 전까지 다카하라는 기억술사라는 단어는 들어본 적도 없고 사이트에서도 별로 언급되지 않았다. 원래 일부 지역에서만 알려진 민화 내지는 소문 따위가 어느샌가 인터넷에서 '도시전설'이라는 카테고리로 다뤄지게 된 정도인 것 같았다.

"기억술사는, 해 질 무렵에 나타난다……."

도시전설을 취급하는 사이트에서 발견한, 기억술사에 관한 기사는 그런 문장으로 시작됐다.

기사에는 기억술사를 만나기 위한 방법도 적혀 있었는데 '도시전설 속 괴인을 불러낸다'는 표현으로 상상할 만한 의식 같은 건 특별히 없는 모양이었다. 전철역 게시판에 이름을 적으면 와준다는 고풍스러운 설에서부터(애초에

요즘 시대에 게시판이 설치된 역이 있기나 할지) 기억술사를 만나고 싶다고 인터넷에 적으면 찾아와준다는 설까지, 묘하게 현실적인 방법이 적혀 있었다.

녹색 벤치에 앉아 있으면 나타난다고도 쓰여 있어서 이즈미가 말한 게 이거구나 싶었다.

죄다 현실에서 쉽게 시도해볼 수 있는 방법이지만 뒤집어 생각하면 그냥 운에 맡기는 격이다. 때마침 기억술사가 역 게시판이나 인터넷에 적은 글을 발견하고, 무수히 많은 녹색 벤치 중 어딘가에 기억술사를 만나고 싶어 하는 누군가가 앉아 있을 때 때마침 기억술사가 나타나는 우연이 어느 정도의 확률로 일어날까. 어떤 집에 어린이가 있고 어떤 선물을 원하는지 훤히 꿰뚫는 산타클로스처럼 기억술사도 자신을 원하는 사람을 찾아내는 신통한 능력이 있다는 설정인가.

아니면, 예를 들어 기억술사가 역 안에 있는 녹색 벤치마다 돌아다니는 등 특정 지역에서만 활동하는 게 아니라 도시전설 사이트의 게시판을 꼼꼼히 체크하기라도 한다는 뜻인가.

애초부터 가상의 존재인 마당에 도시전설의 설정을 지적하는 것도 어른스럽지 않다는 생각이 들었다. 다카하라는 기억술사 소개 화면에서 사이트 메인 화면으로 빠져나왔다.

사이트에는 누구나 의견을 적을 수 있는 게시판이 있었다. 썩 활발하게 업데이트되지는 않는 듯 게시글은 드문드문 있었지만 그중 시선을 끄는 대목이 있었다.

> I.S : 무서운 일을 겪어서 집 밖으로 나갈 수가 없어요. 기억술사의 벤치에 갈 수 있다면 좋을 텐데.

집 밖으로 나갈 수 없다는 부분이 걸렸다.

게시글이 올라온 날짜는 약 보름 전이다. 예전 게시글을 살펴보니 이외에도 같은 닉네임으로 작성된 글이 몇 개 보였다. 하나같이 기억술사를 만나고 싶다, 정보가 더 있었으면 좋겠다, 하는 내용이었다.

개인을 특정할 수 있는 정보는 거의 없었지만 학교에 못 간다는 말이 있어 학생이라는 건 알 수 있었다. 어투에서 여자아이라는 것도. I.S라는 이니셜과 글을 올린 시기로 짐작해보아도 틀림없었다. 정원에서 다카하라에게 기억술사를 아느냐고 물은 게 농담이 아니었던 것이다.

세가와 이즈미는 끔찍한 기억을 지워준다는 도시전설

속 괴인을 진심으로 찾는 듯했다.

유치하다고 웃을 수는 없었다.

일 년 가까이 바깥에 나가지 못했다고 했으니 그 시간 동안 할 수 있는 시도는 뭐든 다 해봤을 것이다. 그럼에도 효과가 없었고, 시간만 흘러 이대로 옴짝달싹도 못하게 될까 봐 불안해서 견딜 수 없었으리라. 가상의 존재에 매달리고 싶어졌다고 해도 무리는 아니다.

그러나 있지도 않은 존재를 쫓아봐야 무슨 소용이 있겠는가.

다카하라가 그런 말을 할 것도 없이 이즈미 스스로도 잘 알고 있을 터였고, 그렇기에 더더욱 현실을 직시하라는 말은 할 수 없었다. 하지만 기억술사를 만나고 싶다는 글을 인터넷에 올리기만 하고 아무것도 하지 않으면 상황이 좋아질 리 없다.

기억술사를 만나기 위해 밖으로 나가려고 노력하고, 그 덕에 조금씩 외출할 수 있게 된다는 전개를 기대하는 것도 지나치게 낙관적이다.

할 수 있는 게 뭘까 고민하다가 결국 할 수 있는 게 아무것도 없는 자신의 무력함이 한심하게 느껴졌다.

법률과 법률가가 할 수 있는 일에는 한계가 있어 이즈

미가 진정으로 원하는 바를 이뤄줄 수는 없지만, 그렇다고 가상의 괴인에게 질 수도 없는 노릇이었다.

다카하라는 숨을 내뱉고 노트북을 닫았다.

"도노 군, 쉬어야겠어. 홍차 부탁해."

뻐근한 목을 돌리며 말하자 열어뒀던 문에서 유능한 어시스턴트가 고개를 내밀었다.

"네, 집무실로 가져갈까요?"

"아니, 내가 거기로 갈게."

의자에서 몸을 일으켰다.

직접적으로는 해결할 수 없지만 적어도 변호사로서, 가해자 및 보험사와 합의해 사건에 '일단락'을 지을 수 있으면 좋으련만.

*

예상은 했지만 보험사와의 합의는 쉽지 않았다.

이즈미가 지금도 집 밖으로 나가지 못할 만큼 정신적인 후유증을 겪고 있으며 그것이 사고에서 기인했다는 근거, 객관적인 증거가 부족하다. 사고 시점에서 일 년이 지났다는 점도 있어 보험사의 반응은 적대적이었다. 가해자도 마찬가지였다.

보험사 직원과 수차례 논의한 끝에 담당자가 고문 변호사로 변경됐지만 가해자 측의 방침은 동일했다.

변호사 왈, 세가와 이즈미의 상태와 해당 교통사고 사이에서 인과 관계가 인정되지 않으니 손해 배상 청구에는 응할 수 없다는 것이었다. 결국 그 이상의 이야기는 법정에서 하자는 결론에 도달했고, 다카하라는 게이코에게 상황을 설명했다. 그렇게 게이코가 손해 배상 청구 소송을 제기할지 말지 조금 더 생각해보겠다고 답변한 뒤로 벌써 한 달이 지났다.

결정을 재촉하고 싶지는 않지만 하염없이 기다리고 있을 수만도 없었다. 일단 사무실로 오시게 해서 직접 이야기하는 편이 좋을지도 모르겠다. 다카하라가 그런 생각을 하기 시작했을 때, 게이코에게서 전화가 걸려왔다.

"선생님, 연락이 늦어져서 죄송합니다."

어라?

목소리가 밝다.

미안해하는 말투였지만 예전에 만났을 때와는 느낌이 딴판이었다.

"따님은 좀 어떠신지요?"

슬쩍 떠보았다.

"그게 말이죠." 그녀는 질문을 기다렸다는 듯 한층 더 밝아진 목소리로 말했다. "몰라보게 좋아졌어요. 거짓말처럼요. 오늘도 학교에 갔답니다."

상태가 호전됐을 거라는 짐작은 했지만 예상을 뛰어넘는 답변에 말을 잃었다.

한 달 전, 배상금을 청구하려면 소송을 제기할 수밖에 없을 것 같다고 전화로 말했을 때까지만 해도 정원에 나가는 정도가 최선이라고 했었다. 한 달 새에 극적인 회복세였다.

"그렇군요. 그건…… 정말 잘됐네요."

"네, 감사합니다. 덕분이에요."

덕분이라는 말을 들을 만한 행동은 전혀 하지 않았다. 가해자 측과 원만히 정리되지 않아 좋은 소식은 하나도 전하지 못한 채로, 승산이 없더라도 계속 진행할 것인지 선택하라고 당사자들에게 종용한 꼴이 된 상황이었다.

하지만 그녀는 진심으로 고마워하는 것 같았다. 목소리로 알 수 있었다. 수화기 너머로 깊숙이 허리를 숙이는 모습이 보이는 듯했다.

"선생님이 다녀가신 후에 외출하려고 많이 애썼어요. 몇 번은 실제로 밖에 나가기도 했고요. 그전까지는 기껏해야 정원에서 멍하게 있는 정도였고, 재활치료 같은 건 관둔 상황이었으니 포기한 줄 알았는데……. 선생님을 만나고 다시 힘을 내더군요. 선생님과의 대화에서 느끼는 바가 있었나 봐요."

"아뇨, 저는 한 게 없습니다."

다카하라 덕분이라고는 할 수 없다.

하지만 자신과 이야기한 뒤에 이즈미가 달라졌다면 짚이는 구석은 있었다.

그때 딱 한 번 검색해보고 여태껏 떠올린 적도 없지만, 아마도 그녀는 녹색 벤치가 있는 곳에 가려고 했을 것이다.

기억술사를 만나기 위해.

"하지만 역시, 집에서 나가면 바로 힘들어져서 몇 미터도 걷지 못하더라고요. 얼굴이 창백해져서는 나가려다가 돌아오고, 한 발짝 나갔다가 다시 돌아오기를 반복했죠. 그랬는데 어느 날 갑자기, 아무 일도 없었던 것처럼 밖으로 나갈 수 있게 됐지 뭐예요. 지난주였어요. 학교 친구가 걱정된다며 집에 왔었는데 그다음 날부터요. 그게 자극이 됐는지도 모르겠어요."

기적을 설명하기라도 하듯 그녀는 들뜬 어조로 말을 이

어갔다.

"이즈미가 글쎄, 아침에 아무 일도 없었다는 듯이 교복을 입고 내려온 거예요. 그대로 학교에 가려고 하길래 괜찮겠냐고 물었더니 어리둥절한 표정으로 '뭐가?'라고 되묻더라고요. 조심스럽게 사고 이야기를 꺼내봤는데, 사고를 목격했다는 것 자체가 기억이 안 난대요."

"기억이 안 난다고요?"

네, 하며 끄덕이는 기척이 수화기 너머로 느껴졌다.

"잠이 덜 깬 상태로 어디에 머리라도 부딪혔나, 아니면 스트레스성 건망증 같은 건가, 걱정돼서 바로 병원에 데려갔어요. 그런데 원인을 모르겠대요. 뇌에도 이상은 없다고 하고요. 사고 기억을 잊어버렸다는 것 외에는 이상한 점도 전혀 없고 몸도 건강하고…‥. 정신건강의학과 진료도 받았는데, 스스로를 지키려고 기억에 뚜껑을 덮어버렸을지도 모른다고 하더라고요."

이제는 직접 병원까지 가서 진찰을 받을 수도 있게 됐다는 뜻이다. 정작 치료가 절실히 필요했던 시기에는 그럴 수가 없었는데, 필요 없어지고서야 가능해졌다는 것도 아이러니한 이야기였다.

그러나 그 자체는 당연히 경사스러운 일이다.

사고 기억을 잊고 예전처럼 생활하는 것. 그것이야말로 이즈미의 가장 큰 바람이었으니까.

그저 그게 갑작스러운 기억상실이라는, 너무나도 현실감 없는 사건의 결과라는 점이 마음에 걸린다. 기억상실의 원인이 불분명하다면 누가 봐도 비정상적인 상태이므로 마냥 기뻐할 수만은 없을지도 모른다.

"그런 일도 있네요."

다카하라는 얼빠진 듯 맞장구를 칠 수밖에 없었다.

"네. 처음에는 혼란스러웠는데 감쪽같이 사고 전처럼 생활할 수 있게 돼서……. 저도 지금은, 이게 나은 것 같기도 해요. 처음부터 잊고 싶어 했으니 굳이 기억하게 할 필요도 없고요."

"그렇죠."

"최근 일 년 동안의 일도 기억이 안 나나 봐요. 사고가 난 후로 집에만 있었다고 설명했고 알아들은 것 같긴 한데, 이해를 잘 못 하는 눈치더라고요. 저…… 변호사 선생님도 기억을 못 해요."

입을 떼기 어렵다는 듯 털어놓았다. 충격을 받지는 않았다. 그게 당연할 것이다. 사고도, 집에 틀어박혔던 시간도 통째로 잊은 마당에 다카하라만 기억할 리 만무하다. 애초에 사고가 없었다면 다카하라는 이즈미와 마주할 일도 없었을 테니까.

"지금까지 애써주셨는데 죄송해요. 나중에 이즈미와 함께 인사드리러 가려고 했는데…….."

"아닙니다. 그건…… 어쩔 수 없는 일이고, 무엇보다 이즈미 양이 회복됐다는 게 중요하니까요."

사고 기억을 잊었으니 기억이 되살아날 만한 행동은 하지 않는 편이 낫다.

찾아와 인사하겠다는 마음은 정중히 사양하고 다시 한 번 "다행입니다"라고 말했다. 정말 기뻐해도 될지 여전히 망설여졌지만 진심 어린 말처럼 들리게끔 유념했다.

다행이라고 해도 될 것이다. 적어도 이즈미는 더 이상 괴로워하지 않을 테고 게이코도 그것을 받아들이고 있다.

다카하라의 말에 마음이 놓였는지, 전화기 너머로 들리는 목소리에는 눈물이 어려 있었다.

"다카하라 선생님, 정말 신세 많이 졌어요. 감사합니다."

"그래서, 소송은 관둔 겁니까?" 어시스턴트인 도노무라 아쓰시가 홍차를 우리며 물었다.

"응." 다카하라는 대답하며 팔을 뻗어 컵을 받아들었다.

"모친은 사고 기억을 다시 문제 삼았다가 기억이 돌아올까 봐 걱정스러워하는 것 같더라고. 모르는 척 그냥 넘어가고 싶은 모양이야."

"그 마음은 이해돼요."

"그래. 처음부터 배상금을 받아내는 것이 목적이 아니기도 했고, 그 아이가 괜찮아졌다면 그것으로 충분하다고 생각해."

솔직히 말해 사고 기억만 감쪽같이 지워졌다는 이야기는 선뜻 믿기 어려웠다. 다른 때였다면 이즈미가 이성을 잃고 헛소리를 하는 게 아닐지 의심했을 것이다.

하지만 만약 이즈미가 엄마에게 걱정 끼치지 않으려고 잊은 척을 하는 거라 가정해도, 사고를 목격한 것 자체를 잊었다고 설정하기로 했다면 본인으로서는 가해자와 싸울 마음이 없다는 뜻이다. 기억이 지워졌다는 말이 진실이든 거짓이든 간에 더 이상 다카하라가 할 수 있는 일이 없다.

도노무라가 우려준, 김이 모락모락 나는 홍차에 입을 갖다 댔다. 베르가모트 향이 퍼지자 그것만으로도 피로가 가시는 듯한 기분이 들었다.

"이거 안도 씨가 주신 거야? 맛있네."

"네. 검은 캔에 들어 있던 거예요."

다카하라가 고문으로 있는 회사의 사장님이 선물해준 고급 찻잎이었다. 화사한 향을 음미하며 맛을 보았다.

홍차를 준 사장님에게도 이즈미 또래의 딸이 있는데, 바로 얼마 전에 사장님 집에서 만났던 것이 떠올랐다. 자해를 한 흉터가 있다는 그 아이는 처음 만난 자리에서 다카하라를 쏘아보았다. 그리고 손목에 감은 붕대를 만지작거리며 "자신에게는 고통이 필요하다"라고 말했다. 그 모습은 마치 털을 잔뜩 세운 고양이 같아 보였다.

인간은, 특히 그 또래의 아이들은 약하고 여려서 한 번 밸런스가 무너지면 다시 일어서기가 쉽지 않다.

상처를 치유하는 방법을 모르고, 낫는 날이 올지조차 알 수 없기에 본인도 가족도 답답해서 견디기 힘들어한다. 무언가를 계기로 극적으로 바뀌는 경우가 있을지도 모르지만 그 '무언가'를 누구나 만날 수 있지는 않다.

그렇게 생각하면 이즈미가 사고 전의 생활로 돌아간 것은 그야말로 기적일지도 모른다. 이유가 무엇이든 기뻐할 일이다. 기억이 지워졌다고 들었을 때는 놀랐지만 어느 틈엔가 그렇게 생각하게 되었다.

"그래도 잘됐네요. 사고는 잊어버리고 예전처럼 지내고 싶다는 바람이 이뤄진 거니까요."

"응. 잊은 게 사실이라면 그 아이가 원한 대로 된 거지."

홍차가 담긴 포트에 티 코지(티포트의 온도를 유지하기 위해 사용하는 도구-옮긴이)를 씌우던 도노무라가 순간 손을 멈추고 다카하라를 쳐다보았다.

"선생님은 잊은 게 아니라고 생각하세요?"

"글쎄, 정말 잊었다면 잘된 일이지만……. 그게 아니라고 해도 외출할 수 있게 됐으니 굳이 캐물을 필요도 없는 것 같아."

일부러 에둘러 대답했다.

기억이 지워졌다는 소리를 머리로 받아들이기에는 거부감이 있었고, 그것을 전제로 도노무라와 이야기를 하는 것은 더더욱 거부감이 들었다.

하지만 곱씹어 생각할수록 이즈미가 연기를 하는 것 같지는 않았다. 직접 대화를 나눈 건 한 번뿐이지만 그 아이의 상처는 상당히 깊은 듯했다. 엄마에게 걱정을 끼치고 싶지 않다는 마음만으로 잊은 척을 한다는 게 가능할까.

일 년 동안이나 두문불출했고 정원에 발을 내딛기까지도 반년이 걸렸던 소녀가, 어느 날 갑자기 외출할 수 있게 될 정도로 회복했다는 건……. 이즈미가 사고에 관련된 기억을 잊어버렸다는 것 자체는 사실일지도 모른다는 생각이 들었다.

받아들이기 어려운 건 기억이 지워진 이유 쪽이었다.

"자, 다시 일을 해볼까."

"아, 잠시만요. 디저트가 있으니 지금 바로……."

"그렇다면 먹고 나서 해야지."

소파에서 등을 떼려다 말고 다시 붙였다.

기억이 지워졌다는 말을 듣자마자 이즈미가 찾았던 도시전설이 머리를 스쳤지만 도노무라에게는 이야기하지 않았다. 물론 그런 괴인이 실존할 리는 없다.

이즈미가 사고 기억을 잊었다면 분명, 그것은 그녀가 너무나도 간절히 바란 탓에 뇌가 그렇게 움직인 것이리라. 자신의 정신을 지키기 위해 자기방어 본능이 작동한 것이다.

이즈미 자신이 원해서 자신의 기억을 지운 거라면 스스로 극복했다고 봐도 좋으리라. 극복하기 위해 잘려 나간 것이 있을지언정 앞으로 그녀가 평생 사고를 잊지 못한 채 살아갈 경우 잃었을지도 모르는 것들에 비하면 새 발의 피다.

(행여나 정말 괴인이 기억을 지웠다고 해도, 그 아이도 모친도 고마워할 거야.)

터무니없는 가정이지만 그렇게 생각했다.

이러쿵저러쿵 정의하기를 떠나서 소중한 사람이 건강하

게 살아주기를 바라는 건 당연하다.

그러기 위해서라면 방법이 어떠했든, 수상한 뭔가에 매달린 결과라 해도, 고통의 한복판에 있는 본인은 물론이거니와 주변 사람들도 분명 받아들일 것이다.

"선생님." 탕비실에 있던 도노무라가 말을 걸었다. "컵케이크 종류가 여러 개인데 어떤 걸로 드실래요? 레몬, 딸기, 초콜릿, 블루베리, 치즈 중에서요."

"와, 맛있겠다. 뭘 먹지?"

직접 가서 보려고 소파에서 몸을 일으킨 순간, 시야가 뱅글뱅글 돌았다. 다카하라는 그대로 소파에 다시 앉았고, 푹신한 등받이에 기대 숨을 내쉬었다.

다행히 도노무라는 탕비실에 있어서 눈치채지 못한 듯했다. 가만히 눈을 감았다.

요즘 들어 부쩍 현기증이 심해졌다. 도노무라가 걱정할 것이 뻔하니 내색은 하지 않았지만 아침에 눈뜰 때마다 두통이 동반된 지도 오래였다.

몇 년 동안 건강검진을 받지 않았는데, 자기가 봐도 너무 불성실했다 싶어 반성하며 지난달에 병원에 갔다가 대학병원 진료의뢰서를 받은 참이었다. 지금은 그때 받은 진통제로 두통을 잠재우고 있지만, 제대로 검사를 받아 이상이 없다는 걸 확인해야 안심할 수 있을 것이다.

"선생님?"

미심쩍어하는 도노무라의 목소리가 탕비실에서 들려오는 순간 정신을 차렸다.

"음, 고민되네. 블루베리로 할까."

눈을 감은 채 어떤 맛을 고를지 고민하는 척 대답하자 도노무라의 "금방 가져갈게요" 하는 목소리가 들렸다.

얼마 후 탕비실에서 나오는 발소리가 났다.

미간을 누르며 천천히 눈을 뜨니 시야는 더 이상 흔들리지 않았다. 안도하며 소파에서 몸을 일으켰다.

"선생님, 여기요."

도노무라가 모든 컵케이크를 커다란 접시에 담아 가져와주었다. 고르라며 내민 모양새가 마치 고급 호텔에서 나오는 디저트 같았다. 접시 가득 놓인 케이크를 보자 기분이 들떴다.

"어쩌지, 치즈도 먹고 싶은데. 두 개를 먹으면 배가 너무 부를 것 같고……."

"하나만 고르세요. 저녁도 드셔야죠."

"너도 먹어. 아, 그래. 하나씩 골라서 반으로 나누자. 그러면 두 종류를 먹을 수 있잖아."

도노무라는 어이없어하는 표정이었지만 다카하라의 요구에 따라 컵케이크 두 개를 반으로 잘라주었다. 홍차를 더 따라 마시고 케이크도 맛보느라 예정했던 업무 스케줄이 삼 분 정도 지연됐으나 후회는 없었다.

컵케이크 덕분에 몸 상태에 대한 불안을 떨쳐낸 것 같았건만, 일을 마치고 일어나려던 순간 다시 현기증이 찾아왔다. 지금까지는 며칠에 한 번 정도였는데 오늘만 벌써 두 번째다. 더는 묵과할 수 없게 됐다.

조만간 한나절 정도 시간을 내서 검사받으러 가야지.

그런 생각만 하다가 두 달가량이 흘렀다.

*

"다카하라 선생님, 기억술사 아세요?"

사무소의 상담실에서 교통사고 손해 배상 청구 사건 상담을 마치고 계약서를 주고받은 뒤 이리에 미즈키는 그런 말을 꺼냈다.

그때까지, 다카하라는 세가와 이즈미도 기억술사도 까맣게 잊고 있었다. 그 이름을 또 듣게 될 줄은 몰랐다.

하지만 듣자마자 떠올랐다. 당사자들에게는 해피엔딩이

분명할, 그러나 불가사의한 그 사고의 결말을.

"들은 적은 있습니다. 도시전설이죠?" 아무렇지 않은 척 대답했다. "아마도, 기억을 지워준다는 괴인이었던 것 같은데."

"맞아요. 아시네요. 생각보다 유명한 이야기인가 봐요."

계약서에 인감을 찍고 인주를 닦은 뒤 케이스에 넣으며, 미즈키는 가벼운 잡담을 하듯 말했다. 아니, 실제로 가볍게 던진 이야기일지도 모른다. 별 의미 없이 '재미있는 얘기를 들었어요' 정도로 내뱉은 화제일 수도 있다. 그래서 다카하라도 아무렇지 않은 척 능청스레 응수했다.

"글쎄요. 일로 알게 된 사람에게 얼핏 들은 정도라 자세히는 모르지만, 여고생들 사이에서 유행하는 괴담 같은 게 아닐까요."

"누군가 실제로 만났다든가, 들었다든가, 그런 얘기를 들어보신 적은 없고요?"

"네, 거기까지는. 저도 그냥 흘러가듯 '이런 게 있다던데 아느냐'는 질문을 받은 것뿐이라서요. 그 사람과도 이미 멀어져버렸고……. 초록색 벤치 얘기를 했던 것 같긴 합니다만."

"아아. 네, 그건 저도 알아요."

기억술사를 찾던 소녀가 있었고 그 소녀의 기억은 실제로 지워졌다. 정말 지워진 게 맞는지는 확인할 길이 없지만 전후 행동을 보면 지워졌다고 생각할 수밖에 없었다. 그러나 당연히 입에 올릴 수 없는 말이었다. 마무리를 짓지 못한 채 종료되었지만 이즈미는 한때 의뢰인이었고 그 정보를 타인에게 발설할 수는 없다.

설령 비밀 유지 의무 문제가 없다고 하더라도, 정체를 알 수도 없는 기억술사라는 것에 관한 정보를 의뢰인에게 알려준다는 게 내키지 않았다.

어차피 허무맹랑한 소리이니 예민하게 굴 필요는 없다는 생각도 들지만 뇌리 한구석에는 혹시나 하는 마음이 있었다.

게이코와 마지막으로 통화한 지 몇 개월이 지났으니 세가와 이즈미와는 만난 적이 없다. 그러니 새삼스레 다시 연락해 기억술사에 대해 물어볼 수도 없는 노릇이었다.

아니, 애초에 그 아이는 다카하라를 기억하지 못한다.

"선생님 말씀이 맞아요. 별 얘기 아닐 거예요."

처음부터 그다지 기대하지 않았다는 듯 별반 아쉬워하는 기색도 없이, 미즈키는 그렇게 말하고는 계약서가 든 클리어파일과 인감 케이스를 가방에 넣었다.

"기억술사한테, 관심 있으십니까?"

놀린다는 느낌을 주지 않으면서도 너무 심각해 보이지도 않게끔 유의하며 물었다.

'재미있는 얘기인 것 같아서요' 내지는 '도시전설을 좋아하거든요' 등등 둘러댈 수 있는 방법은 얼마든지 있었다. 그런데…….

"네, 찾고 있어요." 미즈키는 또렷하게 대답했다.

가슴이 덜컥 내려앉았다.

어쩌면 다카하라가 이즈미의 사례를 알고 있듯 미즈키도 기억술사를 만난 것으로 추정되는 사례를 알지도 모른다. 그녀는 기억술사가 실재한다는 가정하에 이야기를 하고 있었다. 그리고 만난 지 얼마 안 된 변호사에게까지 정보를 물을 만큼 진지하게 찾고 있다.

"교통사고 때문에 차에 타기가 무서워지신 건가요? 기억을 지우고 싶을 정도의 공포심이 남아서 생활에 지장이 생겼다거나……. 그렇다면 정신건강의학과 진단서를 받아와주시면 그 부분도 상대측 보험사에 청구하겠습니다."

미즈키는 두 달 전에 택시를 타고 가다 교통사고를 당했다.

과실 비율은 택시가 이십 퍼센트, 상대측이 팔십 퍼센트였지만 미즈키는 뒷좌석에 탔기 때문에 완전한 피해자였다. 택시 기사의 부상과 자동차 파손에 관해서는 택시 회사가 상대측과 손해 배상 교섭을 하는 모양인데, 미즈키도 경추 염좌 부상을 입어서 정형외과에 다니며 치료를 받고 있었다.

다행히 순조롭게 회복 중이며 후유증도 없을 것 같다고 했기에 트라우마가 생길 정도의 사고는 아닌 줄 알았다. 하지만 공포를 느끼는 정도는 사람마다 다르다. 프로에게 운전을 맡기고 마음 편히 뒷좌석에 있는 상황에서 갑작스레 사고를 당해 부상을 입었으니, 이 사고 때문에 그녀에게 택시 공포증이 생겼다고 해도 이상할 것은 없다. 이즈미와 달리 미즈키는 충돌된 차량에 탔던 확실한 피해자이기에 정신적인 피해까지 손해 배상의 범주 내에 포함시킬 수 있는 여지가 있다.

그러나 미즈키는 어깨 길이의 생머리를 흔들며 고개를 가로저었다.

"아뇨, 그런 건 아니에요."

그럼 왜 찾느냐고 캐물을 수는 없었다. 이번 사고와 관련된 일이 아니라면 다카하라는 제삼자일 뿐이다.

지우고 싶은 기억이 있는지 묻는 것은 과거에 어떤 힘든 일을 겪었는지 묻는 것과 마찬가지였다. 사생활을 침해하는 질문이었다.

"갑자기 이상한 걸 여쭤서 죄송해요. 변호사 선생님이라면 다양한 사람을 만나기도 하고 여러 이야기를 들으실 것 같아서요……. 못 들은 걸로 해주세요."

미즈키는 상담실 벽에 세워두었던 지팡이를 붙들고 일어섰다.

그녀는 십 년 전에도 사고를 당했고 그 사고 때문에 다리가 불편해졌다고 했다. 그때 마음고생을 많이 해서 이번에는 합의의 모든 과정을 변호사에게 맡긴 것인데, 미즈키는 사고 이야기를 할 때도 무척 차분해서 대리인은 필요 없겠다 싶을 만큼 의연해 보였다.

애초에 다카하라에게 상담 전화를 걸어온 건 미즈키가 아닌 그녀의 남편이었다. 당사자보다 가족이 더 과민해져 필요 이상으로 신경 쓰는 경우도 드물지는 않다.

무엇보다, 당사자가 얼마든지 직접 교섭할 수 있는 상태라 해도 변호사가 개입했을 때 손해 배상액이 더 높아진다는 것은 자명하다. 그런 의미에서 남편은 옳은 행동을 했다.

미즈키 또한 의뢰하길 잘했다고 생각할 수 있게끔 다카하라는 손해 배상 청구 흐름에 대해 정중히 설명했고, 그녀는 간간이 적확한 질문을 하며 설명을 들었다.

대략적인 이야기를 마친 뒤 다카하라가 말했다. "예전에도 교통사고를 겪으셨으니 이미 다 알고 있는 내용일지도 모르겠습니다."

미즈키는 고개를 저으며 말했다. "이미 옛날 일이고 그때는 그럴 상황이 아니어서……. 보험사와 어떻게 얘기했는지는 거의 기억이 안 나요."

사건 사고의 피해자가 충격을 받은 나머지 당시의 일을 기억하지 못할 수 있다는 말은 들은 적이 있다. 어지간히 심각한 사고였을 것이다. 보행에 지장이 생길 정도의 후유증이 남은 큰 사고였다면 이상할 게 없다.

고객에게 법적 절차를 설명할 때는 전문 용어를 배제하고 최대한 쉬운 말을 쓰려고 하는데, 그 점을 감안하더라도 미즈키는 이해가 빨라서 설명도 계약 절차도 물 흐르듯 마무리됐다. 상담은 예상보다 빨리 끝이 났다.

"휴업 손해 증명서는 직장에 신청하겠습니다. 그리고 치료 경과를 봐서 연락드리면 되나요?"

"네. 통원 교통비도 합산해서 청구할 테니 기록을 남겨두시고요."

"알겠습니다."

다카하라가 먼저 일어나 상담실 문을 열자 미즈키는 고개를 까딱 숙여 보인 뒤 다카하라 앞을 가로질렀다.

그녀를 엘리베이터 앞까지 배웅하기 위해 같이 걸음을 옮겼다. 현관에서 복도로 나가자 벽에 기대 있던 남성이 일어섰다.

그는 다카하라를 보자마자 꾸벅 인사했다.

"계속 여기 있었어? 카페 같은 데서 기다리지."

다카하라보다 미즈키가 먼저 입을 열었다.

"괜찮아. 시간이 얼마나 걸릴지 모르니까……."

"오래 기다린 거 아냐?"

"그렇지도 않아."

두세 마디 대화를 주고받더니 미즈키는 다카하라 쪽으로 몸을 돌리며 소개를 해주었다.

"남편이에요."

남성은 재차 고개를 숙이며 이름을 말했다.

"가타야마입니다."

성(姓)이 다른 이유는 혼인 신고를 아직 하지 않았기 때문이다. 사실혼 관계라는 이야기는 들은 상태였다.

"전화로 인사드렸던 다카하라 변호사입니다."

"잘 부탁드립니다."

아내가 교통사고를 당했으니 합의 교섭을 의뢰하고 싶다고, 그가 사무소에 전화를 걸었다.

그때, 의뢰 의사를 확인하고 설명도 하려면 당사자를 직접 만나야 한다고 이야기해 방문 예약 일정을 잡았었다.

미즈키가 혼자 사무실에 나타났을 때 남편이 같이 오지 않아서 의외라고 생각했는데 역시나 같이 온 모양이었다. 다리가 불편한 아내를 배려하듯, 그는 지팡이가 없는 오른쪽에 서서 당연하다는 양 그녀의 가방을 들었다. 가타야마가 걱정스러워하는 표정을 짓자 미즈키가 "괜찮아" 하며 미소 지었다.

금실 좋아 보이는 부부다. 이제 곧 남편에게 다카하라와의 상담 결과를 이야기할 것이다.

다카하라는 두 사람이 엘리베이터에 탈 때까지 배웅한 뒤 사무실로 돌아왔다. 도노무라가 미즈키에게 냈던 커피잔을 정리하고 있었다.

미즈키는 못 들은 걸로 해달라고 했지만 역시나 신경이 쓰였다. 그녀가 돌아간 후 다카하라는 몇 개월 만에 도시전설 사이트를 들여다보았다. 그녀가 진심으로 기억술사를 찾고 있다면 틀림없이 이 사이트에 접속했을 것 같왔다.

언뜻 본 바로는 기억술사에 관한 기사 자체는 새로 올라온 게 없는 듯했다. 정보가 시시각각 추가될 만한 화제는 아니니 당연할 터였다.

게시판 쪽에는 게시글이 몇 개 늘었다. 몇 개월 만인데도 그다지 많지 않아서 금방 다 훑을 수 있을 정도인 걸 보면 게시판 자체가 활발히 운영된다고 보기도 어렵다. 개중에서도 기억술사에 관한 글은 극히 일부였다. 그런데 그 몇 안 되는 게시글 가운데 미즈키가 쓴 듯한 글을 찾았다.

미즈키 : 지우고 싶은 기억이 있습니다. 이야기를 들어주시면 안 될까요? 기억술사 님이 혹시 이 글을 보신다면 연락 부탁드립니다.

예상대로였기에 놀라지는 않았다. 역시나였다.

찾고 있다는 말이 농담이 아니었던 것이다.

링크로 연결된 메일 주소는 임시 주소가 아니라 스마트폰과 연결된, 개인을 쉽게 특정할 수 있는 주소였다.

장난치는 게 아니라고 어필하기 위함이겠지만 이런 곳에 개인 정보를 노출했다가 스팸 메일이 물밀듯이 쏟아지는 것은 아닐지.

유별난 마니아들밖에 보지 않는 게시판이니 그런 악행은 의외로 적을지도 모르겠다. 그래도, 미즈키가 나름대로 상당한 각오를 하고 기억술사를 찾고 있다는 걸 느낄 수 있었다. 그녀는 재미 삼아 꺼낸 말이 아니라, 개인 정보를 노출하는 리스크를 감수해서라도 기억술사를 만나고 싶어 하는 것이다.

기억술사의 존재를 믿고 찾는 사람을 만난 건 최근 몇 개월 새 이즈미에 이어 두 번째였다. 우연이라 하기에는 빈도가 다소 높은 듯했다. 텔레비전이나 인터넷에서 다뤄지지는 않았으니 유행하는 화젯거리라고도 보기 어려웠다.

어쩌다 보니 다카하라 주변에 마이너한 도시전설에 흥미를 보이는 사람이 둘이나 있었을 가능성도 있지만, 그게 아니라면 특정 지역에서만 떠도는 이야기일지도 모른다.

사이트에도 도쿄를 포함한 일부 지역을 중심으로 알려진 도시전설인 것 같다고 적혀 있었다. 예를 들어 이 일대에 기억술사 소문의 근원지가 있고 이즈미와 미즈키가 거기에서 기억술사의 정보를 얻었다면, 정보원과 가까운 곳에서 법률 사무소를 운영하는 다카하라가 기억술사를 찾는 두 사람과 만날 확률은 상당히 높아진다. 이즈미는 일

년 동안이나 외출을 못 했으니 사고 전에 소문을 들었거나 메신저 또는 SNS를 통해 누군가가 알려줬을 것이다.

그렇다고 가정하자 이번에는 풍문의 근원지가 궁금해졌다. 이 일대에서만 유독 기억술사 소문이 돈다면 분명 그 이유가 있을 터였다. 과거 이 지역에서 소문의 물꼬를 튼 에피소드가 실제로 있었을지도 모른다. 민화나 입소문을 통해 도시전설이 생겨난다는 건 있을 법한 이야기이다. 그게 아니라면…….

(예를 들어 기억술사의 행동 범위가 이 구역……이거나.)

고개를 저었다. 머리가 어떻게 됐나 보다.

이것은 기억술사가 존재하며 활발히 움직인다는 걸 전제로 한 가설이다. 도시전설의, 즉 만들어진 이야기 속의 괴인을 두고 이런 분석을 해본들 아무 의미가 없다.

문제는 의뢰인인 이리에 미즈키가 그런 존재를 진지하게 찾는다는 것, 기억술사를 찾아야 할 만큼 심리 상태가 불안정하다는 것이었다.

이번 의뢰 내용과 직접적인 관계가 없다면 다카하라가 신경 쓸 일은 아니었다. 그런데도 신경이 쓰였다. 평소 의뢰인의 사생활에는 관여하지 않는 자신답지 않게 말이다.

이즈미의 사례를 생각하면 미즈키에게도 과거에 겪은

어떤 일에서 기인한 트라우마가 있다는 뜻일까.

부끄러운 실패 또는 괴로운 기억 등 정도의 차이는 있겠지만 누구나 잊고 싶은 기억 하나둘쯤은 있을 것이다. 하지만 실존하는지도 알 수 없는(무릇 실존하리라 생각되지 않는) 도시전설 속 괴인을 찾지 않고서는 버틸 수 없다는 건 그만큼 보통 일이 아니라는 의미였다.

그렇게까지 해서 지우고 싶은 기억이라는 게 대체 뭘까.

다카하라는 아무 생각 없이 화면을 스크롤하다가 마우스를 움직이던 손을 멈췄다.

(어라?)

이즈미가 쓴 글이 삭제됐다.

잘못 봤나 싶어 일 년도 더 지난 게시글까지 거슬러 올라 확인해봤지만 역시나 보이지 않았다. I.S라는 이름으로 적힌 게시글이 여럿 있었는데 하나도 없다.

게시글 번호를 살펴보니 중간중간 숫자가 몇 개씩 빠져 있었다. 삭제된 게시글이 있다는 소리다. 모두가 다 남이 쓴 글을 지울 수 있는 것은 아닐 테니 관리자가 지운 게 아니라면 이즈미가 직접 지웠을 것이다.

기억술사를 찾을 필요가 없어져서 지운 건지, 창피해져서 지운 건지……. 특별히 이상한 일이 아닌데도 어째서인지 자꾸만 뒤숭숭한 기분이 들었다.

　도시전설 사이트에는 기억술사를 만나면 기억술사와 관련된 기억이 지워지고 자신이 기억술사를 찾았다는 사실 또한 잊어버린다고 적혀 있었다. 그게 사실이라면, 그리고 이즈미의 기억이 지워진 게 연기가 아니라면, 그녀가 게시글을 지운 시점은 기억이 지워지기 전이다.

　다시 말해 그 아이는 자신의 기억이 지워지리라는 걸 알고 있었던 게 아닐까.

　한기가 느껴져 황급히 불온한 상상을 떨쳐냈다.

　억측이다. 어쩌다 보니 이즈미가 기억술사를 찾길 포기했거나, 이성을 되찾고 게시글을 지운 뒤에 기적이 일어났을 뿐이다. 분명. 우연이다.

　게다가 이즈미 건은 해결됐다. 지금은 의뢰인이 아닌 그 아이보다 미즈키를 신경 쓸 때였다.

　고개를 저으며 사고를 전환했다.

　미즈키는 아무 문제없이 생활하는 듯 보였다. 사고 기억 때문에 집 밖으로 나가지 못했던 이즈미와는 달랐다.

　그녀는 무엇을 잊고 싶은 거지? ……변호사가 끼어들 일은 아니다.

　고심한들 아무 소용없다는 건 잘 알지만 그때 이후로 다카하라는 공원 앞을 지날 때마다 녹색 벤치가 있는지 힐끔 거리게 되었다.

*

미루고 미뤘던 정밀 검사가 끝나 병원을 나섰다.

입구 앞 널찍한 공간에 설치된 화단과 벤치를 흘깃 쳐다봤다. 갈색 페인트칠이 된 벤치다.

어느덧 버릇처럼 확인하게 됐다.

사무소로 돌아가기 위해 택시 승강장을 찾는데 뒤에서 누가 말을 걸어왔다.

"다카하라 선생님."

몸을 돌리자 이리에 미즈키가 서 있었다.

"이리에 씨, 안녕하세요."

그러고 보니 미즈키가 다니는 정형외과는 이 병원의 별관에 있다.

다행히 그녀의 경추 염좌는 깨끗이 나아서 후유 장애도 남지 않았다. 통원 치료를 마치게 됐다고 지난주에 전화로 연락을 받은 참이었다. 치료비는 전액 보험사에서 지불했고, 이제 곧 위자료 금액 교섭을 시작하게 된다.

미즈키는 미소를 지으며, 오늘은 보험사에 제출할 서류를 받으러 왔다고 말했다.

"선생님은 업무 때문에 다녀가시는 거예요?"

"그런 셈입니다."

미즈키가 받은 서류는 보험사에 제출하기 위해 다카하라가 의뢰한 것이다.

"이제 막 사무실에 가서 드리려고 했어요."

"타이밍이 좋았네요."

다카하라는 웃으며 그 자리에서 건네받았다.

병원 이름이 적힌 봉투를 가방에 넣고 다카하라에게 인사를 하려던 그때, 미즈키가 불쑥 내뱉었다.

"이 벤치는 안 되겠네요. 색깔이 달라요."

눈을 동그랗게 뜨고 그녀를 바라보았다.

미즈키는 갈색으로 칠해진 병원 벤치에서 다카하라 쪽으로 시선을 옮기며 싱긋 웃었다.

그녀가 먼저 이 화제를 꺼낼 줄은 몰랐다. 까놓고 말하면, 기억술사를 필요로 하는 사람은 기억술사를 찾는다는 사실을 다른 사람에게 숨기려고 하지 않을까. 개중에는 도시전설 따위를 믿느냐고 비웃는 사람도 있을 테고, 본인 또한 지우고 싶은 기억이 있다는 걸 남에게 알리고 싶지 않아 하는 게 일반적일 것이다. 적어도, 일부러 타인에게 퍼뜨릴 필요는 없다.

더구나 다카하라는 예전에 기억술사에 관한 질문을 받았을 때 소문 정도밖에 모른다고 답했었는데.

"아직 찾고 계시는군요."

"네. 만날 수 있을 때까지 찾을 거예요."

떠보듯 묻는 다카하라의 질문에 미즈키는 눈을 똑바로 바라보며 그렇게 말했다. 그래서 확신했다.

역시 미즈키는, 다카하라와 기억술사 이야기를 하고 싶어 하는 것이다.

앉을까요, 하며 다카하라가 갈색 벤치를 가리키자 그녀는 순순히 응했다.

"본명과 연락처를 그런 게시판에 적는 건 좀 위험하지 않나요. 스팸 메일 같은 건 차단하면 되겠지만, 지인이 본다면 이리에 씨가 기억술사를 찾는다는 걸 알게 되지 않겠습니까?"

거리를 둘 필요는 없다고 여겨져 직구를 던져보았다.

"보셨네요." 미즈키는 미소를 지을 뿐 동요하는 기색도 없었다. "괜찮아요. 미즈키라는 이름은 흔하기도 하고 제 연락처를 아는 사람도 거의 없으니까, 그걸 보고 제가 기억술사를 찾는다는 걸 지인들이 알게 될 가능성은 아주 낮아요."

애초에 그런 게시판은 유언비어를 좋아하는 어린애나 괴짜들밖에 보지 않아요, 라고 그녀는 남 말을 하듯 덧붙였다.

"기억술사를 찾는 이유를 여쭤봐도 될까요."

또 한 번 직구. 이번에도 그녀는 미동이 없었다.

"당연히, 지우고 싶은 기억이 있어서죠." 미즈키는 다카하라의 눈을 보며 주저 없이 말했다. "고작 기억 하나가 저주처럼 내 미래를 방해한다면, 그 기억만 없어지면 좋겠다고 생각하는 건 자연스러운 거잖아요?"

다카하라가 아무 말도 하지 못하자 그녀는 고개를 돌려 정면을 바라보았다.

그녀와 눈을 마주치지 않아 내심 안도했다. 설령 그녀는 아무렇지 않다고 해도, 지우고 싶을 만큼 고통스러운 타인의 과거를, 눈을 피하지 않고 끝까지 들을 자신이 없었다. 일 이야기라면 냉정할 수 있지만 이건 상관없는 이야기였다.

"십 년 전에 사고를 겪었어요. 면허 딴 지 얼마 안 된 제가 운전했고 조수석에는 언니가 탔죠. 같이 외출했다가 귀가하던 중이었어요."

미즈키는 사무실에서 계약서를 작성할 때처럼 담담하게, 감정을 싣지 않고 털어놓았다.

"그런데 옆길에서 자동차가 튀어나와 들이받았어요. 저희가 탄 차는 가해 차량과 전봇대 사이에 끼였고 언니는 즉사했죠. 저도 오랜 기간 입원해야 했고 다리에는 장애를 갖게 됐어요. 상대 운전자가 술에 취해 있었다더군요."

처참한 사고다.

뭐라고 해야 할지 몰라 입을 닫고 말았다.

사무실에서 상담을 했을 때, 십 년 전 사고 당시 손해 배상 청구의 과정을 기억하지 못한다고 했던 이유는 치료에 전념하고 있었기 때문이리라. 손해 배상 절차 따위를 본인이 처리할 수 있는 상황이 아니었던 것이다.

"사고 이후로 저희 가족은 엉망진창이 돼버렸어요. 언니의 죽음, 저의 장애, 제가 언니를 꾀어서 나갔고, 제가 운전하다가 난 사고였다는 점, 가해자와의 소송……. 듣기 좋은 얘기는 아니니 자세히는 말씀드리지 않을게요."

다카하라는 말없이 끄덕였다.

상상이 됐다.

소중한 사람을 잃으면 사람은 때때로 마음의 균형을 잃

게 된다. 그 결과 세상이 변해버렸다는 걸 받아들이지 못하고 자신이 변함없이 존재한다는 사실에 죄책감을 느낀 채 변하지 않는 것들에 증오를 느끼는 일마저 있다.

피해자여야 할 미즈키에게 가족이 화살을 겨눴다고 하더라도 다카야마는 놀라지 않았을 것이다.

물론 그것은 일시적인 감정이고 미즈키도 그 부분은 이해했을 터였다. 하지만 그것이 얼마나 그녀를 아프게 했는가. 언니를 잃고 한쪽 다리의 자유를 잃은 것도 모자라 가족의 원망까지 들어야 했다면…… 그 기억은 사고의 기억에 채찍질을 하듯 그녀를 깊이 후벼 팠을 것이다. 그리고, 가장 고통스러울 때 그 누구도 아닌 가족에게 상처를 받았다는 사실은 사라지지 않는다. 돌이킬 수가 없다.

그녀는 십 년 전 사고로 가족을 잃었다, 언니만 잃은 것이 아니라.

"저는 만신창이가 됐지만 치료를 하던 중에 가타야마를 만나…… 몸의 상처가 나으면서 조금씩, 조금씩 극복할 수 있었어요. 제가 지금 이렇게 지낼 수 있는 건 그이 덕분이에요. 그래도…… 부모님께는 말씀드리지 못했어요."

미즈키는 왼손에 쥔 지팡이를 벤치에 비스듬히 기대 세운 채 지팡이를 쓰다듬으며 눈을 내리깔았다.

"언니는 사랑도 할 수가 없는데 너만 행복해지려고 하냐, 그런 말을 들을 것 같았거든요."

슬퍼 보이지는 않았다. 그저 별로 유쾌하지 않은 기억을 끄집어내는 듯한 느낌이었다.

"처음에는 저도 죄책감 때문에 힘들었어요. 부모님이 아니라 언니에게 몹쓸 짓을 했다는 것 때문에……. 그래도 지금은 그렇게 생각하지 않아요. 그러지 않으려고 노력 중이에요. 적어도 머리로는 이렇게 생각하죠. 언니라면 분명 우리를 축복해줄 거라고. 그렇지 않다고 해도, 나는 내 삶을 살아야 한다고 말이에요."

미즈키는 찬찬히, 그러나 막힘없이 이어갔다.

같은 존재를 찾는데 이즈미와는 많이 달랐다.

십 년이라는 세월 덕분인지 심지가 강한 성격이어서인지는 모르겠지만, 미즈키는 저주스러운 과거에 움츠렸다기보다는 그저 그것을 지긋지긋하게 여기는 것 같았다. 마치 끊어내고 싶다는 듯이.

견딜 수 없어서가 아니라, 필시, 보다 나은 미래를 위해. 가타야마와의 미래를 위해서다.

"그이와 의논해서 저희 둘 다 아무에게도 말하지 않고 살던 곳을 떠나왔어요. 고풍스럽게 말하면 사랑의 도피를

한 셈이죠. 일도 관두고 적금도 해지하고 꼭 필요한 것만 챙겨서 나왔어요. 그렇게 아무도 모르는 곳에 와서 둘이 살기 시작했습니다."

"그러셨군요."

미즈키를 데리러 왔던 가타야마의 모습을 떠올렸다. 그녀를 얼마나 아끼는지 한눈에 알 수 있었다.

그렇군, 두 사람은 서로를 제외한 모든 걸 버리고 단둘이 도망친 것이었구나.

"저희는 과거를 버렸어요. 저는 그 사람과 함께 남은 인생을 살아가고 싶어요. 그이도 같은 마음일 거예요. 그런데도 이미 버린 과거의 기억이 발목을 잡아요."

미즈키는 아주 살짝 미간을 찌푸리며 말을 이어갔다.

"서로를 소중히 여기고 있고 앞으로도 함께하고 싶은데, 그 과거 때문에 앞으로 나아갈 수 없다면…… 걸림돌인 기억을 잊고 싶어 하는 게 자연스러운 거 아닌가요?"

잊고 싶은데도 잊히지 않는 기억에 괴로워하고 번뇌하기보다는 화가 난 듯한 표정이었다. 머리로는 이해하지만 마음이 따라주지 않는, 자신을 컨트롤할 수 없는 현실에 대한 분노일까.

"기억을 지워도 과거가 없어지는 건 아닙니다."

"알아요. 하지만, 이제 남은 건 기억뿐이에요."

다카하라의 진부한 말에도 미즈키는 반발하지 않고 말했다.

"과거를 버리고 싶어서 아는 사람 하나 없는 곳으로 도망 왔는데…… 기억에서는 도망칠 수가 없어요. 다 버렸으니 이제 남은 건 머릿속 기억뿐인데, 그게 훼방을 놓아서 행복해질 수 없다고요."

그래서, 지우고 싶어요.

그렇게 말한 그녀의 눈빛은 싸늘했고 목소리는 고요했다. 미즈키처럼 의지가 강한 사람도 자신의 기억에는 저항할 수 없는 것일까. 그렇게 생각하자 다카하라는 두려워졌다.

가족, 친구와 연을 끊어 자신을 책망하는 사람이 없어졌지만 스스로의 기억이 자신을 괴롭힌다. 단 한 사람만 보고 모든 걸 버린 채 도망칠 만큼의 용기가 있는데도, 그럼에도 버릴 수 없는 기억…… 그것은 언니에 대한 죄의식일까. 미즈키의 잘못이 아니란 걸, 누군가에게 미안해하지 않아도 된다는 걸, 그녀 스스로가 모르는 것도 아닐 텐데.

알고 있지만 뜻대로 되지 않는 것이리라. 그러니, 지울 수밖에 없다.

"바보 같다고 생각하세요?"

"아뇨."

다카하라는 고개를 가로저었다. 진심이었다.

"미즈키 씨는 미래를 내다보면서, 행복해지기 위해 할 수 있는 노력을 하고 있습니다. 가타야마 씨와의 미래를 얼마나 소중하게 생각하는지 느껴져요. 바보 같다고 생각 하지는 않습니다."

카운슬링을 받고 새로운 기억을 쌓아가다 보면 싫은 기 억이 옅어지기도 하고 정리가 되기도 하는 법이다. 고등학 생인 이즈미라면 모를까 미즈키가 그런 현실적인 수단을 시도해보지도 않고 도시전설 속 괴인부터 찾아 나섰다고 보기는 어려웠다.

모르긴 몰라도, 할 수 있는 시도는 다 해본 뒤 마지막 희 망을 기억술사에게 건 것이다. 그러니 그 심정을 우습게 볼 수는 없었다. 그저 슬플 따름이었다.

허황된 희망에 매달릴 수밖에 없을 정도로 지워버리고 싶은 기억은 앞으로도 두 사람을 저주할 것이다. 그 기억 이 있는 한 그녀는…… 두 사람은, 발이 얽매인 것이나 마 찬가지다.

"어째서 제게 이런 이야기를 하신 건지요?"

다카하라가 가장 큰 의문을 입에 올리자 미즈키는 후훗 웃으며 답했다.

"제가 기억술사 얘기를 꺼냈을 때, 선생님이 진지하게 들어주셨으니까요. 처음에는 자상한 분이라고 생각했어요. 변호사로서 의뢰인이 하는 말은 뭐든지 귀 기울여 들어주나 보다 싶었죠. 하지만 대화를 나누면서 그게 아니라는 걸 알았어요. 제게 맞춰주신다기보다는 괜한 소리를 하지 않으려고 신경 쓰시는 것 같더군요."

예리하다.

직업상 포커페이스에는 자신 있다고 여겼는데 미즈키 쪽이 한 수 위였던 것이다. 다카하라는 쓴웃음을 지을 수밖에 없었다. 그녀가 그렇게 되어버린 이유를 생각하면 가슴이 아프지만 변호사가 의뢰인에게 표정을 읽혀버렸다는 사실에 왠지 기분이 복잡했다.

"그래서, 혹시나 해서 얘기한 거예요. 선생님, 기억술사에 관해 뭔가 알고 계시는 건 아닌가요? 저 말고도 기억술사를 찾는 사람이 있었다거나, 기억이 지워진 사람을 안다거나."

진지하게 들어줬으니까 기뻐서, 또는 성실함이 느껴져서, 가 아니라 냉정한 관찰을 바탕으로 계산한 결과였다.

다카하라에게서 쓸 만한 정보를 캐낼 수 있을지도 모른다고 판단해 일부러 직접 패를 드러내 보인 것이다. 그리고 미즈키의 관찰은 정확했다.

하지만 다카하라에게도 입장이 있다. 그녀가 원하는 것을 줄 수는 없다.

"기대에 부응하지 못해 죄송합니다만⋯⋯."

"말씀 못 하시는 거네요. 괜찮습니다. 억지로 캐물을 생각은 없어요."

미즈키는 말하지 않아도 안다는 듯 빙긋 웃었다. 이내 지팡이에 달린, 팔을 고정하기 위한 고리에 왼손을 넣더니 손잡이를 잡고 일어섰다. 익숙한 동작이었다.

"하지만 선생님이 만약 알고 계신다면⋯⋯ 기억술사는 존재하고, 심지어 선생님이나 주변 사람들이 접근할 수 있는 상황이라는 뜻이죠. 그럼 저한테도 기회가 있다는 거니까요."

다카하라도 일어났다. 미즈키는 지팡이를 짚고 한 발짝 걷더니 다카하라를 돌아보았다.

"뭔가 아신다면, 제 이야기를 자세히 말씀드리면 알려주실 거라 기대한 것도 사실이지만⋯⋯ 어쩌면 저, 그냥 누구에게든 털어놓고 싶었던 걸지도 몰라요. 이런 이야기를 할 수 있는 친구도 가족도 없거든요."

그이 말고는 다 버렸으니까요. 라고 말하며 미소 지었다.

웃는 이유는 후회하지 않는다는 의지를 나타내기 위함
이다. 그녀가 조금도 망설이지 않았다는 것, 타인의 조언
을 바라지는 않는다는 것을 알 수 있었다. 남들이 어떻게
생각하든 개의치 않기에 다카하라에게도 말할 수 있었던
것이다.

그럼에도 누구에게든 털어놓고 싶었던 이유가, 그녀 스
스로도 깨닫지 못한 이유가 있을지 모른다. 만약 그렇다면
그녀가 원하지 않았다 해도 자신은 지금, 의견을 말해야
한다.

다카하라는 미즈키를 똑바로 보고 입을 열었다. "가타야
마 씨와…… 대화해보시는 게 좋지 않겠습니까?"

그녀는 이야기할 수 있는 사람이 없다고 했다. 그 말인
즉 가타야마에게는 알리고 싶지 않다는 뜻이다.

다카하라는 그걸 알면서도 일부러 말했다.

상식적이고 진부한 조언이었다. 미즈키가 듣지 않으리
라는 것을 알았지만 알면서도 말했다.

허상 속 괴인을 찾기보다 사랑하는 사람과 대화를 하는
쪽이 더 건전하고 건설적이다. 지극히 미약한 한 걸음에

불과할지라도 켜켜이 쌓아 나가다 보면 언젠가는 목적지에 다다를지도 모른다.

도시전설 속 괴인이 기억을 지워주기를 바라는 것보다는 의미 있는 일이라는 생각이 들었다.

다카하라 스스로도 소용없다고 생각하며 내뱉은 말이지만 미즈키에게도 그 마음은 가닿은 듯했다.

그녀는 화내지도 않고 귀찮아하지도 않으며 느릿느릿 고개를 저었다.

"그이는 저보다 훨씬 섬세한 사람이라서, 괴롭히고 싶지 않아요."

다카하라는, 역시 그녀의 결심이 굳건하다는 것을 깨달았다.

가타야마와 함께할 미래를 위해 그녀는 혼자서 결정했다. 잊기를 결단했고, 잊기 위해서 찾아질 리 없는 존재를 찾기로 결단했다. 그리고 앞으로도 계속 찾을 것이다.

"이제 녹색 벤치에 가실 건가요?"

무슨 말을 하든 소용없다. 하고 싶어 하는 대로 둘 수밖에 없다.

탓할 생각은 없었지만 자꾸만 서글퍼지는 마음에 불쑥 말이 튀어나갔다.

미즈키는 말없이 미소 지으며 고개를 갸웃거렸다.

존재하지 않는 것이라고 해도, 구원을 찾는 행위 자체가 그녀를 지탱해주고 앞으로의 인생을 살아갈 수 있게 도와준다면 의미 없는 일이 아닐지도 모른다. 그러는 동안 서서히 고통이 희미해져 그녀도 스스로가 행복해지기를 허락하는 날이 올지도 모른다.

아니면 이즈미에게 일어난 기적이 미즈키에게도 일어날 수 있다. 어찌됐든 다카하라와는 무관한 일이었다. 의뢰 사건이 마무리되면 그녀와 엮일 일도 없다.

"……의뢰인의 비밀은, 지키겠습니다."

그것만은 전했다.

미즈키는 미소를 띠고 인사한 뒤 지팡이 소리를 작게 울리며 걸어갔다.

*

"선생님, 냉동실 비었어요? 아이스크림이 들어갈 자리가 있나?"

나나미는 하프 파인트 사이즈의 아이스크림이 담긴 봉투를 들고 사무실에 나타나더니 인사도 하는 둥 마는 둥

하며 탕비실로 직행했다.

탕비실 주인이나 다름없는 도노무라는 싫은 기색도 없이 고맙다고 하며 봉투를 받아들었다. 어딘가에서 이벤트로 나눠주는 걸 받아온 듯 봉투에는 얇은 포장재로 싸인 드라이아이스도 같이 들어 있었다. 포장재에는 가게 로고가 찍혀 있다.

"선생님, 민트초코 괜찮아요?"

"나는 먹는데 도노 군은 민트초코 못 먹어."

"그렇구나! 두 종류로 하길 잘했네요. 그럼 아저씨는 이거 먹어요, 모카 맛."

다카하라가 고문으로 있는 회사 사장의 딸인 나나미는, 사회 경험을 쌓고 예의범절을 배운다는 명목으로 약 두 달 전부터 빈번하게 사무실을 드나들고 있다.

예전에는 등교를 거부해 부모님 속을 태웠는데 지금은 별문제 없이 학교에 다니는 것 같았다. 본인에게 확인한 적은 없으나 교복 차림으로 오기에 그런가 보다 하고 짐작할 뿐이다.

사장님 집에서 처음 봤을 때는 안색이 어둡고 다카하라에게도 노골적으로 경계하는 눈빛을 보냈는데, 무엇 때문인지 다카하라를 곧잘 따르게 되었다. 부친인 안도 사장님은 "선생님한테 혼나고 정신을 차린 모양입니다"라고 했지만 다카하라는 나나미를 꾸짖은 적이 없었다. 말 한두 마디 나눈 게 전부인데 그게 우연히 소녀에게 영향을 주기라도 한 것일까. 나나미는 처음 봤을 때와는 백팔십도 다른 사람이 된 듯 표정이 환해졌다.

낯을 가리지도 겁을 먹지도 않는 지금이 나나미의 본래 성격인지, 아니면 여기에 있을 때 유독 들뜨는 것인지는 알 수 없었다. 부친이 '완전히 좋아졌다'라고 했으니 평소에도 이 모습일지 모른다.

언제부터인가 도노무라와도 편하게 지내게 되어 다카하라가 일 때문에 자리를 비우거나 하면 둘이 차를 마시며 기다리기도 했다.

다카하라는 탕비실 입구에 기대서서 도노무라를 도와 선반에서 그릇이며 스푼을 꺼내는 나나미를 바라보았다. 일부러 집에서 아이스크림 스쿱까지 가져온 모양이었다. 나나미는 살짝 녹기 시작할 때가 맛있으니 지금 먹으면 딱 좋겠다고 말하며 위태로운 손놀림으로 아이스크림을 그릇에 옮겨 담았다.

나나미가 학교에 가지 않게 된 이유는 다카하라도 모른다. 계기가 있었는지 물어보지도 않았다. 어쩌면 원인이라

할 만한 일은 없었을지 모른다.

원인이 확실하게 있다면 그 원인을 제거해서 해결할 여지가 있다. 하지만 까닭도 없이 어느 날 불현듯 세상이 달라 보이는 일도 있다.

감기에 걸렸을 때 느껴지는 목의 통증처럼, 작은 위화감에서 비롯되어 어느새 한 발짝도 움직일 수 없게 되어버리는 일도 있는 것이다.

인간의 마음이란 그만큼 불가사의하고, 때로는, 무르다.

자신만의 세계에 틀어박히게 된 원인이 무엇이든, 그리고 극복한 계기가 무엇이든, 나나미가 지금 이렇게 활발하게 지낼 수 있다는 건 행운이었다.

애써 세상을 되찾았다면 법률 사무소 같은 곳에 들락거릴 게 아니라 또래 아이들과 노는 게 좋을 것 같지만, 나이 차이가 많이 나는 사람이 오히려 편하게 느껴질 수도 있을 터였다. 여고생들의 관심사 따위를 늘어놓는 걸 들어보면 친구가 없는 것도 아닌 듯하고. 여기서 이렇게 시간을 보냄으로써 조금씩 회복되고 서서히 강해지는 과정을 밟고 있는 거라면, 지금은 일단 지켜봐주는 게 좋다는 생각이다.

이즈미와 나나미 모두 고통스러웠던 과거가 거짓말이라는 듯 바깥세상에서 살고 있다.

미즈키도, 도시전설의 괴인은 만나지 못하더라도 무언가를 계기로 달라지면 좋을 터였다. 그녀의 문제가 얼마나 뿌리를 깊이 내렸는지 생각하면 그리 쉽지는 않겠지만.

아이스크림을 뜰 때 나나미의 블라우스 소매가 당겨 올라가며 손목의 흉터가 드러났다.

다카하라가 눈길을 피하자마자 나나미가 "다 됐다" 하며 스쿱을 내려놓았다.

"저쪽 소파에서 먹어요. 오늘은 손님 없죠?"

"응, 오늘은. 말해두는데, 그렇다고 해서 일이 없는 건 아니야."

나나미가 웃으며 그릇 세 개를 쟁반에 올려 나가고, 도노무라가 홍차 포트와 찻잔을 다른 쟁반에 받쳐 뒤따라 나갔다.

다카하라도 두 사람과 함께 테이블로 향했다.

"맞다, 선생님. 보험사에서 팩스가 들어왔어요."

"아, 트레이에 둔 거 봤어. 아직 자세히는 안 봤지만 나중에 확인할게. 고마워."

최근 며칠간 두통과 현기증이 잠잠하다.

도노무라는 둘째치고 나나미 앞에서 쓰러지기라도 한다면 난리가 날 것이다. 이제는 좀 성실하게 치료받아야 하는데. 상황에 따라서는 업무량을 줄이는 것도 고려해야 할지 모르겠다.

민트초코 아이스크림을 뜬 스푼을 입에 물며, 머리 한구석에서 생각했다.

(아아, 검사 결과를 들으러 가야 하는데.)

그때까지도 여전히 남 일처럼 치부했다.

*

검사 결과를 들으러 병원에 갔을 때, 가족이 있는지 묻는 시점에서 직감했다.

어느 정도는 예상했던 만큼 충격은 크지 않았지만 그럼에도 선고받은 현실은 엄중하고 잔혹했다.

뇌종양. 수술은 어렵다. 진행 속도를 늦출 수는 있지만 치료할 수는 없다. 정밀 검사 결과의 통보는 그대로 시한부 선고로 이어졌다.

병원을 나와 혼자 있을 수 있는 장소를 찾았다.

오늘은 별다른 일정을 잡지 않아 다행이었다. 역시나 머리가 안 돌아간다.

사무실로 돌아가더라도 마음을 가라앉힌 뒤에 가야 한

다. 지금은 도노무라가 눈치채지 못하도록 목소리나 표정을 만들어낼 자신이 없다.

비즈니스호텔 입구에 적힌 '대실 가능'이란 글자를 발견하고 자동문으로 들어갔다. 멍하게 프런트로 다가가 돈을 내고 카드키를 받아들었다.

정장 차림에 서류 가방 하나를 들었으니 외근 나왔다가 너무 피곤해서 잠깐 낮잠을 자러 온 샐러리맨으로 보일 것이다. 프런트의 여성은 묘하게 친절했다. 엘리베이터에 탄 뒤에야 자신의 표정이 못 봐줄 만큼 어둡다는 걸 알아챘다.

역시, 이대로는 사무실에 들어갈 수 없다.

룸에 들어서자마자 서류 가방을 침대 위로 던지고 자신도 그 옆에 벌러덩 누웠다.

한동안 옅은 베이지색 천장을 물끄러미 바라보다가 눈을 감았다.

일 생각을 하자. 다른 사람의 인생에 영향을 주는 직업이다. 내게는 책임이 있다.

앞으로 신규 의뢰는 받지 않고 지금 진행 중인 일을 깔끔하게 마무리해야 한다. 인수인계가 필요한 부분은 동기에게 부탁하고……. 일 생각을 하며 사고 모드가 전환되어서인지 냉정을 되찾을 수 있었다.

다행이다. 어떻게든 넘어갈 수 있을 것 같다. 이성을 잃고 누군가에게 울며 매달리기라도 한다면 지금까지 쌓아온 모든 게 물거품이 된다.

기한 내에 끝내야 하는 일들을 리스트로 정리해서 그걸 소화하는 데 집중하면 제일 마음이 심란할 것 같은 시기를 넘길 수 있겠지. 업무에 관해서라면 자신 있게 자제할 수 있다. 스스로를 컨트롤해서 보기 흉하지 않게 마무리할 수 있다.

하지만 그렇기에 더더욱…… 오늘 하루쯤은 우울감에 몸을 내맡겨도 괜찮으리라.

고민해봐야 뾰족한 수가 없는 일은 고민하지 말자는 주의지만, 앞으로의 생활이나 업무 등 생각해야 하는 사안들도 내버려둔 채 그냥 가만히 있고 싶다. 시간제한은 있지만 지금 이 순간만큼은.

그렇게 마음먹었을 때 머리에 떠오른 것은 도노무라와 나나미의 얼굴이었다.

변호사 일을 하는 주제에, 라고 스스로도 생각하지만 다카하라는 사람과 엮이는 것을 좋아하지 않았다. 인간관계가 서툰 건 아닌데 사실 혼자 있는 게 더 편했다.

그래서 가능한 한, 다른 사람들과 깊은 관계를 맺지 않으며 살아왔다.

중학생 때 부모님이 이혼하고 어머니와 생활했는데, 어머니는 정신적으로 다소 불안정한 부분이 있어서 병원과 경찰 신세를 지기도 했었다. 다카하라는 어머니의 안색을 살펴 눈치껏 처신하며 몇 년을 지냈다. 당시 십 대였던 다카하라에게는 가족에게서 도망친다는 선택지가 없었기에 그렇게 할 수밖에 없었다.

잘할 수 있는 것과 좋아하는 것은 별개였다.

누가 기대면 부담스러웠고, 부정적인 감정에 맞닥뜨리면 상처받았다.

어린 시절의 경험으로 사람을 능숙하게 대할 수 있게 됐지만 그와 동시에 자신의 내면에 벽을 쌓는 법을 배웠다. 타인을 벽 안쪽에 들이지 않고 자신도 벽 바깥으로 발을 내딛지 않으면 피차 상처받을 일도 없다. 그것이 사람을 '능숙하게 대하는' 비법이었다.

아버지를 안 본 지는 십 년도 넘었다. 어머니는 재혼하면서 마음의 안정을 찾은 듯했다. 그래서 안심하고 거리를 두게 됐다. 아주 가끔 통화를 하기는 하지만 연하장을 주고받는 것보다 더 빈도가 낮았다.

그거면 족하다.

어딘가에서 잘 살아준다면 그걸로 됐다. 떨어져 있어야 서로 지겨워하지 않고 마음 편히 지낼 수 있다.

인간관계가 얕으면 트러블 같은 것도 겪을 일이 없다. 변호사로 일하며 더욱더 실감했다.

맞지 않는 상대와는 헤어지면 된다. 좋아하는 상대와도 지나치게 의존하는 관계가 되면, 어느 한쪽의 마음이 변했을 때 힘들다.

그래서 그렇게 되지 않도록 조심했다. 놓치고 싶지 않은 소중한 뭔가를 처음부터 만들지 말자고 되뇌었다. 언젠가는 이별이 올 테니까.

(그랬었는데⋯⋯.)

도노무라는 홧김에 고용했었다.

그 당시 일이 밀려들어 사생활이 없어지다시피 하자 뭔가 손을 써야겠다는 생각이 들었다.

홈 클리닝 외주업자는 정기적으로 방문했지만 청소와 세탁뿐 아니라 외식으로만 때우던 식사도 어떻게든 하고 싶었다. 그러다 전반적으로 가사를 돌봐주는 누군가를 고용하는 게 좋겠다는 생각에 다다랐고, 모집 공고를 내지는 않았으나 마땅한 사람이 없을지 찾고 있었다.

자신에게 관심을 보이지 않을 만한 사람이 좋겠다고 생

각하던 차에 우연히 단골 가게에 갔다가 눈에 들어온 사람이 도노무라였다.

그가 만든 요리가 입맛에 맞았던 것도, 업무를 순조롭게 처리하기 위한 지원이 필요했던 것도 사실이지만 어쩌면 그때 자신은 외로웠는지도 모른다. 강아지를 줍듯 가벼운 마음으로 고용해버렸다. 업무에 관해서는 탁월한 선택이었다.

하지만 이제 와 생각하니…….

홀가분한 몸이었는데 버릴 수도 없는 것을 굳이 부둥켜안는 짓을 해버렸다는 게 자신답지 않게 느껴졌다.

몇 년 만에 이런 식으로, 자신이 죽을 날을 알게 됐을 때 떠오르는 존재가 되리라고는 생각지도 못했다. 내가 없어진다면 그는 분명 슬퍼하겠지.

그리고 나나미도. 확실한 이유도 없이 방에 틀어박혔다가 다카하라의 한마디에 생기를 되찾는 등 사소한 일에 영향을 받는 소녀다. 지금은 발랄하지만 여차하면 또 어떤 계기로 무너질지 모르니 계속 살펴야 한다고 생각했다. 어느 날 돌연 자신이 없어진다면 그 아이의 심정은 어떨까.

(내가 없어진 후에도 학교에 잘 가고 밥도 잘 먹고…… 그렇게 살 수 있을까. 우는 건 괜찮지만 다시 기운을 차릴 수 있을까.)

눈을 감고, 웃는 얼굴로 사무소에 들어서는 소녀의, 처음 만났을 때 느꼈던 위태로움을 생각했다. 더 이상, 그들과, 오랜 시간을 함께할 수가 없다.

눈물은 흐르지 않았다.

그저, 허망했다.

남은 시간은 그다지 길지 않다. 그 한정된 시간 안에 해야 하는 일이 여럿 있다.

그리고, 그중에서 가장 소중한 이들을 위해서는 무엇을 해야 하는지 알 수 없었다.

*

병원에서 시한부 선고를 받고 며칠이 지났을 무렵이었다. 다카하라가 출장 업무를 끝내고 자택 겸 사무소인 맨션으로 돌아오는데 웬 남성이 스마트폰을 보며 일 층 입구 앞을 서성이고 있었다.

의뢰인인가 싶어 차에서 내려 말을 건네고 보니 가타야마였다. 한 번밖에 보지 못했지만 가타야마도 다카하라를 기억하는지 꾸벅 인사를 했다.

우연일 리는 없다. 약속을 하지는 않았는데, 뭔가 급한 일이라도 있는 걸까.

"미즈키가 선생님께 자료를 드리러 간다고 해서 데리러 왔는데……."

메시지에도 답변이 없어 어떻게 하면 좋을지 생각하던 중이었다고 한다.

"그러셨군요."

다카하라는 영업용 미소를 보이며 머리를 굴렸다.

며칠 전 병원에서 우연히 만났을 때 손해 배상 청구에 필요한 자료를 이미 건네받았다. 오늘은 미즈키와 만나지 않았고 만날 일도 없다.

미즈키가 가타야마에게 거짓말을 할 이유로 짚이는 구석이라면 하나뿐이었다. 아마도 지금쯤 미즈키는 기억술사를 찾아 어딘가의 벤치에 앉아 있을 것이다.

"사실 자료는 이미 받았습니다. 엇갈리신 것 같네요. 데리러 온다고 말씀은 전하셨는지요?"

그녀가 기억술사를 찾는다는 건 비밀로 하겠다고 약속했으니 거짓말을 하지 않는 범위 내에서 정보를 어물거리며 말했다.

언제 어디에서 받았는지는 언급하지 않았지만 가타야마도 그 부분을 캐묻지는 않았다. 기다려도 미즈키가 나오지 않는다는 걸 알았으니 충분했을 것이다.

"아, 그랬군요." 그는 머리를 긁적이며 멋쩍게 웃고는 말했다. "아무 말 없이 왔어요. 마침 가까운 데 있어서 시간이 맞으면 같이 들어갈까 했는데……. 죄송합니다. 연락을 기다렸다가 올 걸 그랬네요."

"괜찮습니다. 금실이 좋으시네요."

무심결에 한 말이었는데 가타야마는 그 말을 듣더니 표정에 그늘을 드리웠다.

아차 싶었다.

미즈키는 숨기는 듯했으나 역시 그는 뭔가 알고 있는 게 아닐까.

설마 미즈키가 도시전설 속 괴인을 찾아내 기억을 지우려고 한다는 사실은 모를 테지만, 그녀가 과거의 기억에 사로잡혀 가타야마와의 관계에 죄책감을 느낀다는 것은 어렴풋이 눈치챘을 수도 있다. 그렇다면 더더욱 두 사람은 대화를 해야 한다.

서로를 배려해 입 밖에 내지 않는 것일 수도 있지만 두 사람 모두 행복해지고 싶다는 공통된 목표가 있다면 서로 마주할 수밖에 없다.

"한 말씀 드려도 되겠습니까. 이번에 의뢰해주신 사안과는 직접적인 관계가 없을지도 모릅니다만."

오지랖인 줄은 알지만 미즈키에게 고민이 있는 것 같았다는 말 정도는 해도 되겠지, 그런 생각으로 입을 열었다.

"네, 말씀하세요."

"이번에 제게 전화로 의뢰하셨을 때, 이리에 씨는 십 년 전에도 교통사고를 겪어 힘든 시간을 보냈으니 상대측과의 교섭을 모두 변호사에게 맡기고 싶다……고 말씀하셨죠. 저는 처음에 그걸, 합의 과정에서 갈등을 겪었다는 의미일 거라고 생각했습니다."

다카하라가 십 년 전이라고 말한 순간 가타야마의 표정이 바뀌었다. 모르는 체하고 말을 이었다.

"이리에 씨가 그때의 사고 이야기를 해주시더군요. 큰 사고였다고……. 동승자였던 언니가 사망하셨다는 것도요. 이리에 씨는 가타야마 씨 덕분에 회복할 수 있었다고 하셨는데……."

미즈키 안에는 언니를 잃었다는 사실, 같은 차에 탔던 자신만 살아남은 현실, 언니를 잊고 행복해지려고 하는 것에 대한 씻어낼 수 없는 죄책감이 웅그리고 있다.

당신은 행복해져도 되고 행복해져야 한다고 옆에서 아무리 말해도 소용없다. 그녀 역시 머리로는 알고 있다. 그럼에도 마음이 따라주지 않으니 그 괴리감에 속을 끓인 끝에 기억을 지우는 방법을 찾는 중이다. 저주를 풀려면 그럴 수밖에 없다고 믿고 있다.

그러니 그녀가 지금도 십 년 전 사고로 마음고생을 한다는 것, 그 기억을 어떻게든 잊고 싶어 한다는 것을 넌지시 전해 서로 깊은 대화를 나누는 계기가 된다면 좋겠다고 생각했다.

그뿐이었는데…….

"미즈키가, 그 얘기를 하던가요."

가타야마는 다카하라의 말을 끝까지 듣지도 않고 놀란 표정으로 입을 열었다.

"네. 하지만…… 유감스럽게도 제 화법이 특별히 뛰어났다거나 이리에 씨가 제게 마음을 열어주신 건 아닐 겁니다. 오히려 업무상으로밖에 엮일 일이 없어서 말할 수 있었던 게 아닐까요. 비밀 유지 의무가 있으니 새어나갈 걱정도 없고, 이번 사고 합의가 끝나면 더 이상 마주칠 일도 없는 관계니까요."

다카하라의 이야기에 가타야마는 입을 다물었다. 그것도 그렇네 하는 표정이었다. 그 스스로도 짐작 가는 구석이 있을 것이다.

이 반응에서 추측건대 그는 십 년 전 사고를 잘 아는 눈치였다.

미즈키는 그를 만나서 회복했다고 했으니 그녀가 직접 이야기해줬을지도 모른다.

"가타야마 씨는 십 년 전 사고를 잘 아시는군요. 큰 사고였으니 이리에 씨도 잊지 못하시는 듯하여…… 그게 조금 걱정스러워서, 외람된 줄은 알지만 두 분이 대화를 해보시면 좋지 않을까 싶었습니다."

이야기를 들은 바로는 사고 자체가 상처가 됐다기보다는 사고를 계기로 가족과의 관계가 일그러져버린 게 문제라는 인상을 받았다. 가족들에게 손가락질 받으며 그녀 스스로도 더욱더 자신을 책망하게 되었다. 그 자책감은 혼자서만 행복해지는 건 허락할 수 없다는 주술이 되고 말았다.

그 저주가 시간이 지나도 사라지지 않는다면, 그것을 풀려면 근원을 상대할 수밖에 없다. 쉬운 일은 아니지만 버린 가족과 마주함으로써 가타야마와의 미래를 축복받을 수 있다면 그때야말로 비로소 행복해질 수 있을 터였다.

하지만 미즈키는 처음부터 그 선택지는 고려하지 않는 듯했다. 그게 가능했다면 기억을 지우겠다는 터무니없는 생각을 하지는 않았을 것이다. 가족과 서로 이해하고 보듬는 게 최선이라는 걸 그녀도 당연히 알고 있다. 그러기 위해 노력도 했을 테다. 그럼에도 그게 불가능하다고 판단했기에 도망친 것이다.

다카하라도 도망친 적이 있으니 그 마음은 이해할 수 있었다.

그런 그녀에게 경솔하게 한 번 더 과거를 직시해보라고 제안할 수는 없지만 그래도 도시전설 괴인을 찾는 것보다는 현실적이었다. 십 년의 세월이면 사람도 변하고 상처 또한 예전만큼 생생하지는 않을 터였다. 등 돌리고 관계를 끊어서 잘 지낸다면 그대로 거리를 둬도 되겠는데, 지금처럼 과거 때문에 미래로 나아가지 못하는 상태라면…… 한없이 희박한 가능성에라도 기대를 걸어볼 수밖에 없지 않은가. 가타야마가 이야기한다면 그녀도 고려해볼지 모른다.

교통사고 합의를 의뢰받았을 뿐인 변호사로서 주제넘는 참견이라는 건 잘 안다. 그렇기에 '이렇게 하면 어떻겠느냐'고 조언하는 게 아니라 대화의 흐름 속에서 자연스레 유도해야겠다고 생각했는데, 가타야마는 다카하라가 생각한 것보다 더 심각한 표정으로 침묵에 잠겼다.

"그 사고는…… 잘 알고 있습니다."

마침내 입을 연 그는 결심했다는 듯 다카하라를 응시

했다.

"선생님, 괜찮다면 제 이야기도 들어주시겠습니까."

의외의 전개에 놀랐지만 내색하지 않으려 의식했다.

"당연히 괜찮습니다만, 어째서 제게⋯⋯?"

"미즈키와 같은 이유예요. 게다가 전 사람들을 깊이 사귀지 않아서 지금까지 직장에서도 제 이야기를 하거나 속내를 드러내지 않았기 때문에⋯⋯ 달리 얘기할 사람도 없거든요. 저희가 도피하듯 이곳에 왔다는 것도 미즈키가 얘기하던가요?"

"⋯⋯네. 가족들에게서 도망치듯이 살던 곳을 떠났다고 들었습니다."

가타야마와의 관계를 비난할 테니 그랬다고 그녀는 이야기했다.

가타야마는 고개를 끄덕이며 말했다. "실은 그렇게 된 이유가 있습니다."

그렇게, 모든 것을 담담하게 늘어놓은 미즈키와는 대조적으로 얼굴을 찡그리며 고통을 견디듯, 참회하듯, 가타야마는 고백했다.

"십 년 전 사고의 가해자가⋯⋯ 제 남동생입니다."

사무실로 들어가서 얘기하자고 권했지만 가타야마는 의

뢰와 무관한 이야기이니 들어가지 않겠다고 고집했다. 어쩔 수 없이 맨션 앞 공터에 있는 벤치에 나란히 앉았다.

벤치는 흰색이었다. 입주민들의 쉼터로 만들어진 우드 덱이 정면에 있다. 원래는 아이들을 덱에서 놀리고 보호자가 그 모습을 지켜보게 하기 위한 벤치였겠지만 우드 덱에서 어린이가 노는 모습은 한 번도 본 적이 없었다. 입주민이 아닌 사람이 올 일은 일단 없고, 입주민들도 거의 이용하지 않는 곳이었다.

우드 덱을 낀 건너편에는 보도가 있어 행인들이 보이지만 이 거리라면 아무도 말소리를 듣지 못할 것이다. 무엇보다도 가타야마의 이야기는 상담실에서 들으면 너무 심각해지고, 사람이 많은 곳에서 듣기에는 지나치게 개인적인 내용이었다.

"사고 직전에 저는 남동생과 술을 마셨습니다. 녀석이 취했는데도 말리지 않고 그대로 보냈는데…… 결국 그렇게 사고가 났죠."

미즈키가 그랬듯 가타야마도 다카하라 쪽을 보지 않고 천천히 말을 이어갔다.

"동생은 골절과 염좌로 입원했지만 목숨에 지장은 없었습니다. 하지만 미즈키와 언니는 큰 피해를…… 조수석에 있던 미즈키의 언니는 돌아가시고 미즈키는 큰 부상을 입었어요. 치료비나 배상금 같은 건 보험사가 중간에서 여러 가지로 손을 써줬는데 돈 외의 것들은 어떻게 해야 좋을지 모르겠더군요."

미즈키처럼 감정을 배제하고 이야기하기는 어려운 모양이었다. 가타야마는 괴로운 듯 눈살을 찌푸리고 손깍지를 낀 채 엄지손가락 끝을 물끄러미 내려다보았다.

"피해자에게 사죄하러 가야 한다, 하지만 상대는 이 세상 사람이 아닌데, 어떤 표정으로 가야 좋을까, 나 같은 건 꼴도 보기 싫지 않을까, 오만 고민을 다 하다가…… 피해자의 장례식이 끝나고 입원 중이던 동생을 대신해 부모님과 함께 사과하러 갔는데, 쫓겨났습니다. 가족을 잃어 비통한 상황에 가해자 가족이 나타났으니 당연한 반응이라고 생각해요. 하지만 저희 부모님이 미즈키의 집을 찾아간 건 그때뿐이었어요. 과실 비율, 이라고 하던가요? 두 차량 중 어디에 얼마만큼의 책임이 있다, 하는…… 그래서 어느 정도는 미즈키 쪽에도 잘못이 있다는 식으로 보험사가 얘기했고, 저희 부모님은 거절당한 마당에 다시 찾아갈 필요는 없다고 생각하신 것 같았죠. 동생도 많이 다쳤다면서."

움직이는 자동차끼리 사고가 날 경우 백 대 영으로 어느 한쪽이 일방적으로 잘못했다는 판단이 내려지는 일은 거의 없다. 정차 중에 추돌한 경우라면 말이 달라지겠지만, 한쪽 입장에서는 거의 피하기 불가능한 사고였다고 하더라도 피해자 측에도 어느 정도는 책임이 있다고 보는 것이 일반적이다.

그러니까 피해자인 미즈키 쪽에 일정 비율로 과실이 인정됐다고 해도, 그것만으로 '둘 다 나쁘다'라고 치부할 수 있는 게 아니란 뜻이다. 하지만 한 여성이 생명을 잃은 책임이 내게만 있는 게 아니라고 생각할 수 있다면…… 그것이 면죄부가 되지는 않겠지만 가해자 입장에서는 어느 정도 숨통이 트였을지도 모른다.

가해자를 비롯한 가족들이 본래의 의미 이상으로 과실 비율에 의미를 두려고 하는 마음은 행동적인 측면에서는 이해할 수 있었다.

반면 언니를 잃은 사고의 책임이 미즈키에게도 있다는 판단이 내려졌다는 건, 그것이 배상액을 결정하기 위한 숫자로서의 과실 비율에 지나지 않을망정 미즈키에게는 견디기 힘든 일이었으리라. 가족과의 관계에서도.

미즈키는 가족 간에 어떤 이야기가 오갔는지 구체적으로 말하지 않았지만, 인형처럼 표정을 없앤 채 "듣기 좋은 얘기는 아니다"라고 하던 그녀의 옆얼굴이 떠올랐다.

"저는 부모님께 말씀드리지 않고 미즈키에게 병문안을
갔습니다. 무릎을 꿇든 엎드려 빌든 뭐라도 할 각오였는
데, 미즈키는 제게 그런 걸 요구하지 않았어요. 그저 '와줘
서 고맙다…… 무서웠을 텐데……'라고 하더군요. 그러고
는 '저와 당신은 같아요'라고 했어요. 처음에는 무슨 뜻인
지 몰랐는데 수차례 드나들며 많은 대화를 나누게 됐고,
그녀가 가족과도 삐걱거린다는 걸 알게 됐죠. 피해자 유족
과 가해자 가족인데, 정말로 저와 그녀의 상황은 놀랍도록
비슷했어요. 죄책감에 짓눌리는데 어떻게 해야 할지도 모
르겠고…… 누구든 네 잘못이 아니라고 말해주기를 바랐
던 것 같아요. 저희 둘 다요. 지금 돌이켜보니 드는 생각이
지만요."

그리고, 그때 그들에게 그렇게 말해주는 사람은 서로밖
에 없었다.

미즈키는 가타야마를 향해, 다카하라에게 과거 이야기
를 했을 때와는 전혀 다른 미소를 지었으리라. 다카하라는
그 광경을 그려보았다.

"퇴원한 후에도 만나러 갔고, 재활 센터까지 바래다주고
데리러 가고…… 그렇게 저와 미즈키는 연인이 됐어요. 하

지만 가족에게는 말할 수 없었죠. 사고의 사 자만 꺼내도 가족 모두 치를 떨었으니까요. 그 얘기는 꺼내지 말라면서. 미즈키와 만난다는 말은 도저히 할 수 없었습니다."

다카하라가 잠자코 끄덕이자 가타야마는 살짝 눈을 들어 그를 올려다봤다가 다시 앞을 보며 입을 열었다.

"미즈키는 부모님께 만나는 사람이 생겼다고만 말씀드렸대요. 그때 가족들이 달가워하지 않았다며……. 그 사람이 저라는 걸 아신다면 그 정도에서 그치지 않았을 테고 축하해주실 리도 없다는 걸 저희 둘 다 알았어요. 그래서, 가족과 몇 차례 부딪친 끝에 둘이서 집을 나가기로 마음먹었습니다."

"실종 신고는……."

"안 했을 겁니다. 사랑하는 사람이 있고 그 사람과 살 거라는 말은 하고 나왔으니 가족도 사고나 사건에 휘말린 건 아니란 걸 알았을 거예요. 일을 그만두고 휴대전화나 신용카드처럼 개인 정보를 알 수 있을 만한 건 죄다 해지해서 아무와도 연락이 되지 않게 하고…… 아는 사람 하나 없는, 지연도 학연도 없는 여기에 왔죠. 그리고 보험사를 이용해 집을 빌려 살기 시작했습니다. 고생을 안 한 건 아니지만 마음은 편했어요. 아무도 우리를 모르니까요. 그 누구의 시선도 신경 쓰지 않고, 저희는 부부처럼 생활했습니다."

이야기하며, 가타야마는 눈을 가늘게 떴다.

행복한 나날을 반추하는 것처럼 보이지는 않았다. 그 나날들은 분명 행복했을 텐데도 마치 죄책감을 감내하듯 그는 미간을 일그러뜨렸다. 이대로는 차분히 이야기를 할 수 없겠다고 생각한 것인지 말을 한 번 끊고 고개를 떨어뜨린 가타야마를, 다카하라는 묵묵히 기다렸다.

가타야마는 고개를 숙인 채 깊게 숨을 들이마시더니 천천히 내쉬며 얼굴을 들었다.

"일 년…… 벌써 한 이 년 됐을까요. 저는 혼인 신고를 생각하게 됐습니다. 그전에도 한 번씩 스치듯 생각한 적은 있었지만 매번, 지금도 행복하니까 됐다 싶어서 그런 생각이 들 때마다 지웠죠. 결국에는 맞닥뜨리기가 무서웠던 거예요."

모든 걸 버리고 도망칠 용기가 있었으면서 혼인 신고에 주저한다는 걸 다카하라는 이해할 수 없었다. 하지만 가족을 버리고 도망쳐온 두 사람에게 새로운 가족을 만든다는 건 다카하라가 생각한 것보다 더 특별한 일일지도 모른다.

둘 다 원하는데도, 버렸을 과거에서 기인한 감정이……
미즈키가 저주라고 칭했던 그 감정이 그것을 방해했다.

가타야마의 눈은 벌겠지만 다카하라는 모르는 체했다.

"실질적으로는 이미 부부나 다름없고, 행정이나 가족의 인정을 받지 못하더라도 서로만 있으면 그걸로 충분하다고 생각했는데…… 미즈키가 절 이름이 아닌 성으로 부르는 걸 들을 때마다 뭔가……."

"일부러 사실혼을 선택하시는 분도 적지 않습니다."

"압니다. 원해서 자의로 선택하는 거라면 괜찮아요. 하지만 저희는 아닙니다. 무슨 일이 있어도 결혼하고 싶은 이유가 있었던 건 아니지만 저는, 미즈키에게 선택지도 줄 수 없다는 게 괴롭습니다."

자신보다 가타야마가 더 섬세하다고 미즈키가 말했는데 그게 꼭 틀린 말은 아닌 듯했다. 섬세하고 지나치게 착실한 데다 책임감도 있다. 그런 고로 죄의식까지 품고 있다.

미즈키가 사고 기억을 지울 수 있는 방법을 찾는다는 사실을 알게 된다면 그는 어떻게 할까.

"애초에 사랑의 도피를 하듯 도망쳐왔으니, 부모님 동의 없이는 결혼을 못 한다고 생각하는 것도 아닙니다. 부모님 반대를 무릅쓰고 결혼하는 부부도 적지 않고요. 하지만…… 혹시라도 가족이 축복해준다면 우리는 진정한 의미에서 미래로 나아갈 수 있을 거라고 생각했어요. 사실,

끊어내고 싶었던 건 가족이 아니라 스스로의 죄책감과 옹어리였는데…… 가족에게 인정받으면 그것도 지울 수 있을 것 같았죠. 그래서 저는…… 가족과 이야기를 해봐야겠다 싶었습니다."

가타야마도 내일을 살아가려면 한 번 버리고 온 과거, 즉 가족과 다시 마주 볼 수밖에 없다고 생각한 듯했다. 그리고 가타야마에게 들을 것도 없이 이미 실행으로 옮겼다.

"우선 저는 저희 부모님과 매듭을 지을 작정으로, 미즈키에게는 비밀로 하고 집으로 갔습니다. 아무 연락도 없이 몰래…… 아무도 없으면 그대로 돌아오면 된다는 생각으로요."

이야기가 잘 풀리지 않으면 미즈키에게는 부모님 집에 갔다는 사실 자체를 함구하면 된다. 잘됐을 때만 미즈키에게 전하고, 다음에는 미즈키의 가족과 만날지 말지 상의할 생각이었을 것이다.

그는 그것이 한두 해 전의 일이라고 말했다.

지금 그가 이렇게 괴로운 듯 이야기를 하는 모습, 그리고 미즈키가 기억술사를 찾는 이유를 생각하면 가족과의 이야기가 어떻게 됐을지 상상할 수 있었다.

가족과 대화해보는 것은 어떻겠느냐고 경솔하게 권유하

지 않기를 잘했다.

"가족분들과 이야기는 하셨나요?"

짐작은 했지만 다음 이야기를 재촉할 생각으로 다카하라가 묻자 가타야마는 고개를 가로저었다. 그리고 눈썹 끝을 내린 채 미소 비스름한 표정을 만들더니 입을 뗐다.

"화창한 일요일이었어요. 몇 년이나 지났는데 역에서 집까지 가는 길은 별로 변한 게 없었고 반가움마저 느껴졌죠. 저는 아무 근거도 없이 제 마음을 알아줄 거라고 기대하기 시작했어요. 벨을 누르고 무슨 말부터 꺼내지, 그런 생각을 하면서 걸어가는데 집이 보였고…… 이내, 집 앞 주차장에서 동생이 세차를 하는 모습이 보였어요."

자동차.

그 의미를 깨닫고 다카하라는 무심결에 가타야마를 바라보았다.

"새 차를 뽑은 것 같더군요. 동생은 흥겹게, 샤워 노즐이 붙어 있는 호스를 들고 거품을 씻어내고 있었어요. 그 모습을 본 순간 머릿속이 새하얘졌습니다."

가타야마가 깍지 긴 두 손에 힘을 꽈악 주었다.

"미즈키는 여전히 다리가 불편하고 미즈키의 언니는 세상에 없어요. 그것 때문에 저와 미즈키는 지금도 부부가

되지 못하는데, 사고를 낸 장본인은 콧노래를 부르며 새
차를 닦고…… 분노가 치밀어 올랐습니다. 넌 네가 무슨
짓을 했는지 알기나 하느냐고 소리 지를 뻔했는데, 그때
는 홧김에 움직여서는 안 된다, 머리를 식히자, 그렇게 되
뇌며 발길을 돌렸죠……. 그런데 집이 보이지 않을 정도의
거리까지 와서 냉정을 되찾고서야 깨달았어요. 이미 몇 년
이나 지난 일이니 미래를 보며 살고 싶다, 죄의식으로 과
거에 사로잡혀 살고 싶지는 않다, 그렇게 생각하는 건 동
생도 똑같다는 것을요."

가타야마는 깍지 낀 두 손을 풀고 오른손으로 두 눈을
가렸다. 다카하라는 매너 차원에서 시선을 피하며 그의 마
음이 가라앉기를 기다렸다.

사고로 사람을 죽게 했다는 것은 결코 씻어낼 수 없는
죄다. 하지만 사고를 일으킨 사람이 평생 운전을 하면 안
되는가, 평생 웃어서는 안 되는가를 따지자면 그것은 별개
의 문제다.

다시는 술을 마시지 않겠다거나 운전을 하지 않겠다는
맹세를 하고 실제로 지키는 가해자도 있을 것이다. 하지만
타인이 그것을 강요할 수 있는 건 아니고, 가해자가 자발
적으로 그렇게 하지 않았다고 해서 비난할 수도 없다. 그

걸 머리로는 알아도 피해자 측은 심정적으로 용서할 수 없을지도 모른다. 다카하라 역시 그 또한 무리가 아니라고 생각했다.

가해자가 과거의 죄를 잊고 행복해지는 것에 분노를 느끼는 마음, 그것은 어찌할 도리가 없는 감정이다. 설령 피해자가 용서하길 원하고 용서해야 한다고 생각했을지언정 그런 생각만으로 없앨 수 있는 감정이 아니다.

그 심정적인 부분에서 가타야마는 자신도 과거의 사고를 과거로 받아들이지 못하고 있다는 사실을 깨닫고 말았다.

동생을 용서할 수 없다. 자신의 죄도 용서받으리라고 생각할 수 없다.

그것은 죄를 지은 인간은 평생 죄를 질질 끌고 다니며 살라고 하는 것과 마찬가지였다. 물론 가족을 빼앗긴 피해자들이 그렇게 생각하는 건 탓할 수 없지만…….

하지만 그것은 미즈키의 가족이, 너만 행복해질 셈이냐고 미즈키를 비난한 것과 다를 바 없었다. 가타야마는 그것을 깨닫고 절망한 것이었다.

"정도의 차이는 있겠지만 저와 미즈키가 행복해지고 싶어 하는 마음과 동생이 새 차를 산 마음은 똑같지 않을까 싶었어요. 그걸 두고 제가 분노를 느꼈다는 사실에 아연실

색했습니다. 십 년이 지났는데도 제가 분노를 잊지 않았다면, 분명 미즈키도 미즈키의 가족도 잊지 못했을 거예요. 저희 가족과 남동생은 그걸 당연하게 받아들이지 못하겠죠. 그러니 화해는 영원히 할 수 없겠다는 생각이 들더군요." 가타야마는 얼굴을 가린 채 말했다.

피해자는 가해자를 용서하지 않는다. 가해자는 용서받을 수 없다는 사실을 받아들이고, 그럼에도 다가서려는 선택을 하지 않는다.

바뀌는 것 외에 방법은 없는 것이다.

결국 둘이 도망친 선택이 옳았다는 뜻이겠지만, 가족들에게서는 멀어질 수 있었다고 해도 자신들 안에 있는 응어리로부터는 벗어날 수 없었다.

"가족과 대화해서 화해하는 건 불가능하다, 나는 미즈키와 둘이서 살아갈 수밖에 없다······ 그 사실이 분명해졌고, 그렇다면 그걸로 됐다고 마음먹었습니다. 그래도······ 전 깨달아버렸어요. 가족의 분노와 슬픔은 지금까지 그랬던 것처럼 외면하면 됩니다. 하지만 우리 안에 있는 죄의식은 어떻게 할 수 없어요."

과거는 지울 수 없다. 자신들을 손가락질하는 사람이 없는 곳에 왔고 비난의 목소리가 들리지 않게 됐지만······ 같은 멍울이 두 사람 안에도 있다.

과거가, 그 기억이, 그들 안에 있는 한 앞으로 나아갈 수 없다.

미즈키가 기억 자체를 지울 수밖에 없다고 결심한 까닭은 그녀가 그 사실을 누구보다도 잘 알기 때문이었다.

"이리에 씨에게는 그 이야기를……."

"안 했습니다. 하지만 눈치챘을지도 모르죠. 미즈키가 딱히 말을 꺼낸 적은 없지만요."

가타야마가 그녀 앞에서 표정 관리를 잘 할 수 있었을 것 같지는 않았다.

미즈키는 그의 그런 면모 때문에 기억술사를 찾으려는 생각에 다다르게 됐을지도 모른다.

"사고 이후로 미즈키가 절 탓한 적은 한 번도 없어요. 하지만 그 사고의 책임은 제게도 있다는 걸 압니다. 한편 미즈키는 지금도 사고의 책임을 느끼고 제가 가해자의 형이라는 것, 그런 저와 연인이라는 사실에 죄의식을 갖고 있어요. 하지만 내색하지는 않죠. 제가 할 수 있는 게 아무것도 없어요. 제가 가해자의 형이라서, 제가 저라서 미즈키가 괴로운 건데…… 제 탓인데."

"가타야마 씨 탓은 아니잖습니까. 이리에 씨도 그렇게

생각하시지 않습니다."

탓이라기보다는 가타야마를 위해서다.

과거를 바꿀 수는 없지만 자신이 잊어버리면 된다. 과거를 아는 사람들과 멀어졌으니 남은 건 자신뿐이다. 자신만 사고를 잊어버리면 가타야마가 걱정하지 않아도 되고 슬퍼하지 않아도 된다고 그녀는 생각했으리라.

"한심합니다." 가타야마는 고개를 천천히 내젓더니 푹 숙였다. "제가 중심을 잘 잡고 미즈키를 붙들어줄 만큼 강인했다면 미즈키도 여러 이야기를 해줬을지도 몰라요. 하지만 제가 워낙 믿음직스럽지 못해서……."

"……그렇지, 않을 겁니다."

미즈키는 그의 섬세함을 잘 안다. 그래서 잠자코 있을 뿐이다.

미즈키가 기억을 지우고 싶어 하는 이유는 스스로가 괴롭기 때문만은 아닐 것이다. 그녀가 괴로워한다는 사실을 알고 가타야마가 그녀보다 더 괴로워하기 때문이다.

모든 것은, 그와의 미래를 위해서다.

"가타야마 씨, 만약 이리에 씨가……."

사고 기억을 지우고 싶어 한다면.

사고로 언니를 잃은 것도, 자신이 운전했다는 것도, 그

때문에 가족들의 질타를 받은 것도, 가해자가 당신의 남동생이라는 것도, 모두 다 잊을 수 있다면…… 그렇게 함으로써 당신과 함께하는 일상에 죄책감을 느끼지 않게 된다면 당신도 그것을 바라시겠습니까?

그런 말을 꺼낼 수 있을 리 없었다.

애초에 기억술사 같은 건 없다. 이즈미는 스스로 잊은 것뿐이다.

이런 질문은 의미가 없다. 게다가, 미즈키에게 비밀로 하겠다고 약속했다.

"네?"

"아…… 만약, 이리에 씨가 당신을 믿지 않았다면 십 년이나 함께 있지는 않았을 겁니다. 그렇게 그녀를 위해 자신의 일처럼 가슴 아파하는 분이기에 이리에 씨도 어떻게든 함께하고 싶어 하시는 게 아닐까요."

얼버무리는 형태가 됐지만 이 또한 진심이었다.

"서로가 소중하기에 더더욱 말하지 못하는 것도 있겠지만, 역시 둘이서 시간을 들여 극복해나갈 수밖에 없다고 생각합니다. 십 년은 길지만 십 년 동안 바뀌지 않은 것일지라도 앞으로 또 시간을 쌓아가다 보면 조금씩 바뀔지도 몰라요."

"그럴, 까요."

"네, 그럼요."

무책임하게 고개를 끄덕이며, 다카하라는 머리 한쪽으로 다른 생각을 했다.

만약 미즈키가 사고 기억을 잊었다면 가타야마는 편해졌을까.

그는 자신을 가해자 측, 미즈키를 피해자 측이라 생각하니 그녀가 고통에서 해방됐다는 사실에는 안도할지도 모른다. 하지만 그것도 한순간이지 않을까.

가타야마는 미즈키의 기억이 사라졌다는 사실에 안도하고, 그 후에는 안도감을 느낀 스스로에게 죄책감을 가질 것 같다는 생각이 들었다.

게다가 그들은 가해자 가족과 피해자 가족으로 만났고, 서로에게 끌린 이유도 동병상련이라는 처지여서였다. 그게 전부가 아닐지도 모르지만 적어도 그게 계기라는 사실은 틀림없었다.

사고 기억을 없앤 미즈키는, 가타야마를 사랑하게 된 미즈키와 같은 미즈키일까.

"그리고 체감하지 못하셨을 뿐 십 년 동안 바뀐 것도 있을 거예요. 완전히 극복하지 못했더라도 확실하게 앞으로는 나아가고 있을 겁니다. 진부한 말씀밖에 드리지 못해 죄송합니다만."

불온한 상상은 속에만 담은 채 변호사다운 말을 꺼냈다.

십 년이라는 세월 동안 짊어진 번뇌가 다카하라의 말 한 마디로 가벼워지지는 않겠지만 잠시나마 위안을 줄 수 있다면 족하다.

가타야마는 시선을 발치로 떨어뜨리며 "그랬으면 좋겠네요"라고 답했다.

앞을 향해 나아가려고 노력하는 것에 지쳐버린 듯한 표정이었다.

다카하라는 가타야마와 헤어지고 사무실로 들어왔다.

예정된 스케줄보다 많이 늦어버렸지만 오늘은 다른 약속도 없으니 업무에는 지장이 없었다.

"오셨어요." 도노무라가 방 안쪽에서 나와 맞아주었다. "고생 많으셨습니다. 늦으셨네요."

"응. 마침 그쪽에서 의뢰인 가족을 만나게 돼서. 얘기하느라 시간 가는 줄도 몰랐네."

가방을 집무실에 두고 재킷을 벗은 뒤 소파에 등을 기댔다.

그러고 보니 점심 식사를 걸렀는데 지금 먹자니 시간이 어중간하다. 딱히 배가 고프지도 않았다.

이대로 저녁때까지 기다릴까 생각하고 있는데 도노무라가 아이스티가 담긴 유리잔을 가져다주었다. 다카하라가 소파 등받이에 대충 걸쳐뒀던 재킷을 집어 들어 행거에 걸어주기까지 했다.

"고마워." 다카하라는 소파에 기댔던 목을 돌려 반쯤 누운 듯한 자세로 말했다.

도노무라가 없었다면 이 사무실은 사흘 만에 황폐해졌을 것이다. 그가 없을 때는 어땠는지 이제 기억도 나지 않았다.

"요거트 젤리를 만들었는데, 드셔보실래요?"

"오, 그게 뭐야? 맛있겠다."

"요거트맛 젤리예요."

"하하, 이름대로네."

"산뜻한 맛이에요."

도노무라가 유리그릇과 스푼 하나를 굳이 쟁반에 받쳐 갖다주었다. 그릇은 복고풍에 굽이 있는 디자인인데 다카하라가 작년 여름에 산 것이었다. 푸딩 아라모드(커스터드 푸딩과 아이스크림, 과일 등을 한 그릇에 담은 일본식 디저트—옮긴이)를 집에서 먹고 싶어서 샀다. 생크림과 과일 통조림, 시판용 푸딩을 사서 도노무라에게 부탁했는데 시판용 푸딩은 물컹해서 접시에 예쁘게 담기지 않았다고 하며 결국 푸딩도 도노무라가 직접 만들어주었다. 그 이후로 과일을 담거나 아이스크림을 담는 등 이 그릇은 꽤나 야무진 활약을 펼치고 있다.

도노무라가 없었다면 의미 없는 쇼핑이었다.

거참 잘 샀네, 다카하라는 스푼을 집으며 생각했다. 그 릇도, 도노무라도.

"나나미가 오늘쯤 올 것 같아서 만들었는데……."

"이번 주가 시험 기간이라고 했을걸?"

많이 좋아졌지, 다카하라가 말하자 도노무라도 그러니까요, 하고 답했다.

나나미가 생기를 되찾은 건 때마침 다카하라가 무심코 내뱉은 말이 그녀에게 필요했던 말이었고, 그게 그때의 그녀에게 딱 들어맞았기 때문이었다. 바꿔 말하면 운이 좋았던 결과일 뿐 이즈미에게 일어난 기적이 모두에게 일어나는 것은 아니다.

스푼을 입에 넣자 상상했던 것보다 부드러운 하얀 젤리가 입안에서 순식간에 녹아 없어졌다. 과연 요거트 맛이지만 식감이 다르다.

"맛있어."

다카하라의 말에 도노무라는 눈웃음을 지었다.

"다행이네요."

지친 몸으로 돌아왔을 때 누군가가 맞아준다는 건 행복한 일이다. 독립하고 한동안은 사무소에서 혼자 지냈으니 그 고마움을 잘 안다.

"나나미 것도 내가 먹을래."

"두 개나 먹으면 몸이 차가워져요. 하루 정도는 괜찮을 테니 냉장고에 넣어두겠습니다."

다카하라는 오른손에 든 스푼으로 젤리를 먹고 왼손을 발치에 뻗어 가방에서 서류를 꺼냈다. 미즈키와는 별개의, 교통사고 소송에 관련된 서류였다.

스푼을 입에 문 채 큰 봉투를 열어 내용물을 살펴보았다.

이 사건은 쟁점도 없고 배상 금액도 아주 고액이 되지는 않을 테니 보험사와 교섭하는 데도 많은 시간이 걸리지는 않을 것이다. 오늘 중으로 청구서를 작성해 보험사에 보내 버려야지. 아마 한 달 사이에 결론이 날 것이다. 이렇게 또 한 가지, 해야 하는 일을 마무리할 수 있게 됐다.

봉투 위에 서류를 얹어 테이블 가장자리에 둔 뒤 마지막

젤리 한 스푼을 입에 넣었다.

"맞다, 보험사 연락은 없었어? 이리에 씨 사건."

"왔어요. 거기에 메모 남겨뒀는데, 오시면 연락 달라고 하더라고요."

"그랬군. 알겠어. 아마 곧 합의가 될 것 같아."

그러면 미즈키 건도 종료다.

보험사와 마무리하고 합의금을 받으면 미즈키도 조금은 마음을 놓을 수 있을까.

(지금 그녀에게 그늘을 드리운 건 이번 사고가 아닌 십 년 전 사고이겠지만.)

이번 일이 해결되고 다카하라가 더 이상 그녀의 대리인이 아니게 되더라도 미즈키는 기억술사를 계속 찾을 것이다. 가타야마에게도 비밀로 하고. 찾을 수 있을 리 없는데도.

그녀가 기억술사 찾기를 포기하거나, 기억술사에게 의지하지 않더라도 좋아질 때까지 지켜볼 수 있을 것 같지는 않았다. 그러니 이런 생각을 해봐야 의미 없다는 걸 알고 있었지만 문득문득 생각하지 않고서는 견딜 수 없었다.

미즈키가 기억을 지우고 싶어 한다는 걸 안다면 가타야마는 그녀가 그런 생각을 하는 지경까지 내몰렸다는 사실에 충격을 받을 테고 무력한 스스로를 더더욱 책망할 것이다. 자신이 할 수 있는 게 없으니 그녀가 가상의 괴인에게 매달리는 거라고 말이다.

하지만 만약, 만에 하나 기억술사가 존재하고 정말 기억을 지워버릴 수 있다면, 미즈키가 그것을 바란다면, 가타야마는 받아들이지 않을까.

설령 사고 기억이 지워진 그녀가 변한다고 해도, 자신을 사랑하는 마음까지 사라져버린다고 해도, 그렇게 해서 미즈키가 괴로워하지 않을 수 있다면, 그것이 십 년 동안 죄의식을 끌어안았던 그녀의 마지막 선택이라면…….

어렴풋이 그런 생각이 들었다.

인생을 살아가기 위해 할 수 있는 일을 다 했는데 딱 하나의 기억 때문에 앞으로 나아가질 못한다. 그런 상황에 놓인 이가 소중한 사람이라면…… 그 사람이 편안해질 수 있다면 막지 못할 것이다.

본인이 선택했다면 그저 지켜볼 수밖에 없다.

다카하라는 물론이거니와 연인인 가타야마도.

다카하라는 가타야마의 마음은 이해됐지만 미즈키의 마음은 이해할 수 없었다.

누군가와 함께하기 위해 자신의 기억을 지우겠다는 선택이, 애당초 다카하라가 이해할 수 있는 범주를 넘어섰다.

스스로 기억을 지운다는 건 과거 자신의 일부를 지운다는 뜻이다. 소규모의 자살과도 같은 셈이다. 그렇게까지 해서 누군가와 함께하고 싶어 하는 마음을, 다카하라는 이해할 수 없었다.

잊게 해달라고 기도할 만큼 괴로워했다는 것 자체를 잊어버린다면 기억이 지워진 후의 자신은 지금과는 다른 사람이지 않은가.

(지금의 자신은 사라지는 것이나 마찬가지인데, 그런데도 누군가와 함께하기 위해서라니…… 어떻게 해야 그런 생각을 하게 되는 걸까.)

과거의 기억을 없애서 가타야마와 행복해지는 것에 대한 자신의 죄책감을 지우려는 게 그녀의 동기라고 생각했는데, 어쩌면 그게 전부가 아닐지도 모른다.

자신이 오래도록 사고를 잊지 못하니 가타야마도 괴로워한다는 걸 그녀는 알고 있다.

자신이 잊어서, 죄책감 없이 그와 지낼 수 있게 되어 가타야마가 편해질 수 있다면…… 미즈키는 이런 생각을 한 게 아닐까.

(가타야마 씨는 그런 타입은 아닌 것 같던데.)

미즈키가 힘든 기억에서 해방되면 가타야마는 그녀를

위해 그 사실을 기뻐할 것이다.

하지만 가타야마라면 분명 '가해자 측'인 자신이 피해자인 미즈키의 망각에 편승하는 행위는 용납될 수 없다고 생각하리라.

서로 과거를 끌어안은 상태에서 미즈키는 가타야마를 용서했고, 사랑하고 있다. 가타야마도 그렇다. 누구보다도 서로의 마음을 잘 아는 두 사람이기에 죄의식이 있더라도 함께 있는 것이다. 그러나 사고 기억을 잊은 미즈키가 평범한 연인으로서 사랑하는 것에 가타야마가 죄책감을 느끼지 않을 리 없다.

죄책감은 언젠가는 없어지겠지만 그런 날은 영영 오지 않을지 모른다.

잠깐 대화를 나눴을 뿐인 다카하라조차 그렇게 생각하니 미즈키가 그걸 모를 리도 없는데…… 그럼에도 그녀는 기억을 지운다는 방법밖에 선택할 수 없는 걸까.

(기억과 함께 지금의 자신이 사라진다면, 그렇게 해서 상대방이 정말 행복해질 것인지 확인할 수도 없을 텐데.)

다카하라는 자신에게 남은 시간을 알아버렸으니 더더욱 그런 생각이 드는 것인지도 모른다.

하지만 그녀의 비통한 마음을 이해할 수 없는 가장 큰

이유는 자신이 그녀만큼 누군가를 절실히 사랑한 적이 없기 때문이라는 걸 자각하고 있었다. 그런 식으로 살아왔다. 스스로 원해서 그런 것이다.

유리그릇에 남은, 젤리를 장식했던 민트 잎을 집어 들었다. 왠지 아까워서 혓바닥 위에 올렸는데 딱히 맛있지도 않았다. 그저 산뜻한 향이 퍼질 뿐이었다.

상쾌하다.

(딱 이 정도가 좋은데.)

필수 불가결하지 않다. 없어도 문제는 없다. 그래도, 있으면 조금 기쁘고 없어졌을 때 조금 허전하게 느껴지는 정도가 좋다. 누구와의 관계든.

연둣빛 잎을 삼키고 그런 생각을 했다.

아무에게도 집착하지 않으며 누구의 집착도 받지 않고 잔잔한…… 그런 인생이 좋은데.

(그렇게 끝나는 게 좋은데 말이지…….)

불현듯 눈 안쪽에 둔한 통증이 느껴졌다.

어느덧 익숙해져버린 통증이다. 통증을 견디는 요령도 터득했다.

다카하라는 눈을 감고 그것이 잦아들기를 기다렸다.

*

　미즈키 측 보험사와의 교섭은 물 흐르듯 진행됐고 수용 가능한 금액으로 합의할 수 있었다.

　배상금은 이번 주 중에 들어올 것이다.

　전화로 보고도 다 했고 이제는 기다리기만 하면 되는 상태였는데 미즈키가 사무소를 찾았다.

　"선생님, 정말 감사했습니다. 무척 원만하게 진행돼서 큰 도움이 됐어요."

　고개 숙여 인사하는 미즈키는 병원 앞에서 마주쳤을 때와 마찬가지로 여름 니트에 스커트 차림이었다. 머리 모양도 그대로였다. 그런데 어딘가가 달랐다.

　차분한 태도도 말투도 변함없는데 왜 그렇게 느꼈는지는 모르겠다.

　나쁜 변화는 아니었다. 긴장한 기색이 사라지고 그녀 주변의 공기가 평온해진 듯했다. 어디가 어떻다고 콕 집어 말할 수 없는 미세한 차이였지만 왠지 그렇게 느껴졌다.

　교통사고의 손해 배상 청구 사건이 무사히 끝났으니 안도감에 어깨의 힘이 빠졌다고 해도 이상할 건 없지만 그게 전부가 아닌 것 같았다. 혹시, 하는 의구심이 다카하라의 가슴에 솟아났다.

그런 생각을 숨긴 채 업무용 미소를 만들어 상담실 책상을 사이에 두고 미즈키와 마주 앉았다.

"배상금은 이번 주 중에 들어올 것 같습니다. 대리인 계좌에 입금되는 대로 비용을 정산해서 계좌로 송금해드리겠습니다. 앞서 알려주셨던 계좌로 보내드리면 될까요?"

며칠 전에 들은 은행 계좌가 그새 바뀌었을 것 같지는 않았다. 어디까지나 확인 차원에서 물었을 뿐인데.

"그렇잖아도 말씀드리려고 했는데요." 미즈키는 미소를 지으며 입을 뗐다. "계좌번호는 같은데 성이 바뀌어서⋯⋯ 계좌주 이름이 가타야마 미즈키입니다."

오호라, 이거였구나.

그녀를 감싼 공기가 달라졌다고 느낀 게 착각이 아닌 모양이었다.

"결혼하셨군요. 축하드립니다."

"감사합니다."

결혼해서 분위기도 누그러지고⋯⋯ 좋은 일이다. 경사스러운 뉴스다.

그런데, 심장이 빠르게 뛰기 시작했다.

다카하라는 여태껏 두 사람이 결혼을 하지 못했던, 두

사람이 망설였던 이유를 알고 있었다.

지금 그녀가 이렇게 새로운 성을 가지고 미소를 머금고 있다는 것인즉 딱 하나의 장애물이 제거됐다는 뜻이 아닌가. 기억에서 지워버리는 방법 외에는 없앨 도리가 없었을 장애가.

"아, 맞다. 서류를 돌려드리겠습니다."

동요를 드러내지 않도록 조심하며 자리에서 일어났다. 문을 열고 도노무라를 부른 후 미즈키의 서류를 가져와달라고 부탁했다.

"잠시만 기다려주세요." 고개를 돌려 미즈키에게 양해를 구한 뒤 다시 앉아 아무렇지 않은 척 물었다. "······그러고 보니, 녹색 벤치에서 기다리던 사람은 만나셨습니까?"

긴장했지만 미즈키에게는 들키지 않았을 것이다.

기억을 지우는 괴인 따위, 있을 리 없다.

하지만 기억술사를 찾았던 이즈미의 기억은 실제로 사라졌다.

기억술사는 의뢰인이 기억하는 자신에 관한 정보를 지워버린다고 했다. 고로 기억이 지워진 사람은 기억이 지워졌다는 것도, 기억술사를 만났다는 것도 기억하지 못한다.

그러니 만약 미즈키가 눈을 동그랗게 뜨고 '무슨 말씀이

세요?'라고 되묻는다면⋯⋯. 왠지 그럴 것 같다는 예감이 가슴속에 있었다. 연신 부정했는데도 어느 틈엔가 믿을 마음이 생겨난 상태였다.

미즈키는 다카하라를 똑바로 쳐다보더니 웃으며 말했다. "네, 덕분에요."

기억을, 하고 있다.

⋯⋯억측이었나.

안도감이 드는 동시에 웃음이 새어나왔다.

"죄송합니다. 실은, 기억이 지워져버린 건가 싶었어요."

안색이 밝아진 것 같아서, 하고 다카하라가 덧붙이자 미즈키는 손으로 입을 가리고 웃었다.

"솔직하시네요. 저는 그럴 필요 없어요. 언니의 일은 잊지 않았고 지금도 후회와 죄책감 모두 제 가슴속에 있지만 앞으로도 그 감정들과 함께 살아갈 생각이에요. 언니의 몫까지 행복해지겠다는 마음으로요."

"그러십니까."

그것이 건전한 사고방식이다.

자신의 강인함으로 그런 생각에 이르렀다면 이제 괜찮다. 다행이라고 안도하다가 어라, 하며 몇 가지 의문이 떠올랐다.

미즈키의 기억은 사라지지 않았다. 하지만 그녀는 다카하라의 물음에 그렇다고 답했다.

그녀는 녹색 벤치에서 누군가를 만났다?

(저는 그럴 필요 없어요.)

저는?

답에 이르기 직전에 문 너머로 벨소리가 들려왔다.

도노무라가 응대하는 듯 현관 쪽에서 말소리가 들렸다.

"남편이에요."

미즈키의 귀에도 들어갔는지 별반 놀란 기색도 없이 어딘가 기쁘다는 것처럼 말했다.

상담실 문을 열어 다카하라가 복도로 나가자 현관 끝에 선 도노무라의 등이 보였다.

문이 열리는 소리를 들었는지, 다카하라가 말을 건넬 것도 없이 도노무라는 몸을 돌려 "남편분이 오셨습니다"라고 말했다. 그 건너편에는 미즈키의 말대로 가타야마가 서 있었다.

"이쪽 방에서 기다리시겠습니까? 아니면 같이……."

"앗, 아뇨. 아직 말씀 중이셨군요. 죄송합니다. 적당히 시간 보내다 올게요. ……끝나면 연락해."

"응."

다카하라 뒤에서 얼굴을 내민 미즈키에게 말한 뒤 가타야마는 인사하고는 등을 돌렸다.

아내를 염려해 데리러 온 다정한 남편. 그 자체는 전과 마찬가지였지만 그 모습이, 다카하라가 아는 그와는 눈에 띄게 달라져 있었다.

미즈키의 변화와는 비할 바가 못 됐다. 목소리도 표정도 마치 딴사람인 양 밝았다. 그야말로 아무 근심도 없는 새신랑 그 자체였다.

그래서 다카하라는 알아차렸다.

기억이 지워진 사람은 가타야마였던 것이다.

*

남편의 죄책감을 없애고 싶었어요. 미즈키는 나지막이 말하기 시작했다.

"저를 볼 때마다 그이 안에서 괴로운 기억과 죄의식이 되살아나는 건 알고 있었어요. 그래도 남편은 언제나 다정했고 절 아껴줬고…… 사랑해줬어요. 버린 셈치긴 했지만 결국 과거의 기억을 잊지 못하는 건 저도 마찬가지였는데…… 그이는 너무나 따뜻한 사람이어서 제가 스스로 죄책감을 정리하는 모습을 보는 것도 마음 아파했죠."

상담실로 돌아와 다시 마주 앉은 그녀의 표정에는 후회하는 기색이 없었다.

가타야마가 힘들어했다는 이야기를 할 때도 이미 지나간 것을 그리워하는 듯한 말투였다.

"저는, 지금도 사고를 잊을 수 없지만 그렇다고 해서 우리가 행복해질 수 없다거나 행복해지면 안 된다고 생각하지는 않았어요. 전 이미 오래전에 과거가 아닌 그이와의 미래를 선택했죠. 남들에게 인정받지 못하더라도 상관없다고 생각했어요. 하지만 그이는 아직 거기까지 가지 못했다는 걸 알고 있었고, 전 그런 섬세함마저 사랑했어요. 그러니 얼마든지 시간을 들여 같이 이겨나갈 각오였는데."

아무리 시간이 지나도 가타야마는 자신의 죄를 잊지 않았다고, 미즈키는 말했다.

그마저도 사랑스럽다는 듯이.

"그이는 나아지려고 노력했지만 그러지 못했고, 그럴 때마다 자신을 탓했어요. 굳이 상처받을 만한 행동을 하고, 역시나 상처받고……. 이대로라면 무너질지도 모르겠다는 생각이 들었죠. 저와 헤어지면 죄의식에서 자유로워지리라는 건 알았지만 저는 그와 헤어질 마음이 없었으니……

앞으로도 함께하려면 죄책감의 뿌리인 기억을 지울 수밖에 없다고 판단했어요."

잊고 싶은데 잊을 수 없는, 고통스러운 기억을 지워주는 괴인.

누군가가 괴로운 기억에서 도망치고픈 마음에 그런 존재가 있기를 염원했고, 거기에서 비롯된 도시전설이 기억술사라고 생각했다.

존재 자체를 의심하면서도 애초에 기억술사는 기억 때문에 힘들어하는 사람이 악몽에서 벗어나고자 매달리는 존재라고 인식했으니, 다카하라는 기억술사에게 타인의 기억을 지워달라고 부탁한다는 발상 자체를 하지 못했다.

하지만 미즈키는 처음부터 자신이 편해지기 위해서가 아니라 가타야마를 해방시켜주기 위해 기억술사를 찾았던 것이다. 그리고 기억술사는 그녀의 소원을 들어주었다.

"기억술사를, 만나셨군요."

네, 미즈키는 분명하게 끄덕였다.

"녹색 벤치에서 기억술사를 만난 건 기억하지만 어떤 사람이었는지는 기억이 안 나요. 아마도 우연이 아니라 약속을 하고 만났을 테니 메일이든 문자든 뭔가 남았을 거라 생각했는데 흔적을 못 찾았습니다. 기억술사의 말을 듣고 제가 스스로 지웠을 것 같아요. 기억술사를 만났고 의뢰를 했다, 기억나는 건 이것뿐이에요."

현실과 동떨어진 이야기를 그녀는 태연하게 늘어놓았다.

"그이의 기억도 이런 느낌일 거예요. 기억은 지워졌겠지만 그걸 이상하게 여기지는 않는. 신기하죠."

안과 질환으로 시야의 일부가 보이지 않는 경우가 있는데, 보고 있는 풍경을 뇌가 보완하기 때문에 당사자는 안 보이는 부분이 있다는 걸 인식하지 못한다……. 이런 이야기를 어딘가에서 들은 적이 있다. 그것과 마찬가지일지도 모른다.

어떤 사물이나 현상에 관한 기억이 없어지면 그 주변 기억도 뒤틀리지만 남은 기억을 뇌가 조정해 위화감을 느끼지 않도록 앞뒤를 맞춰버린다. 그래서 잊었다는 사실을 당사자는 알아채지 못한다.

다카하라가 그 가능성을 언급하자, 미즈키는 "그럴지도 모르겠네요" 하고 산뜻하게 말할 뿐이었다. 원리에는 별 관심이 없는 모양이었다.

그녀에게는 가타야마의 기억이 확실히 지워졌다는 것, 덕분에 그가 중압감에서 해방되어 자신과 함께 미래를 살아갈 수 있게 됐다는 사실만이 중요한 것이리라.

"저는 한 치의 의심도 없이, 스스로의 기억을 지우기 위해 기억술사를 찾으시는 거라 생각했습니다."

"네, 저는 남편에 비하면 과거의 기억을 나름대로 정리했지만…… 잊어버릴 수 있다면 편하겠다는 생각도 했어요. 그래서 제 기억도 같이 지워달라고 할까 고민했는데 그건 왠지 비겁하게 느껴지더라고요. 내가 아닌 남편의 기억을 지우는 것이니 그 책임은 져야 한다, 내가 한 일을 기억해야 한다, 그런 생각이 들었어요."

미즈키는 입가에 미소를 머금은 채 가만히 눈을 감고 말했다.

"그리고, 그이가 저를 위해 그렇게 고생했다는 것도 기억하고 싶었으니까요."

노크 소리가 들리더니 도노무라가 관련 서류를 가져다 주었다.

큰 봉투에 담긴 그것을 미즈키에게 돌려주면 업무는 거의 끝난다. 이제는 보험사에서 입금되기를 기다렸다가 그녀의 계좌로 보내기만 하면 된다.

'가타야마 미즈키' 명의의 계좌로.

"그리고 하나 더, 그이를 편하게 해주고 싶었던 마음도 사실이지만…… 제가 기억술사를 찾은 이유는 그게 다가 아니에요."

봉투를 토트백에 넣으며 이제야 떠올랐다는 듯(그런 척을 했을지도 모르겠지만) 미즈키가 입을 열었다.

"저는 남편이 다정한 것도, 절 아껴주는 것도, 사고 때문일지도 모른다고 생각했어요. 그이가 가해자 가족으로서 피해자 가족인 제게 책임을 느낀다는 건 알고 있었죠. 그 책임감과 죄책감이 그이를 옭아맸을지도 모른다고 생각했으니까…… 그 기억이 없어지더라도 남편이 제 곁에 있어 줄지 궁금했어요."

그래서 저, 모험을 한 거예요.

웃으며 그런 소리를 하는 그녀의 모습에 말을 잃었다.

사랑하는 사람을 고통에서 해방시키고 싶다. 그가 자신 옆에서 괴로워하는 모습을 보고 싶지 않다. 언젠가 그가 고통에서 도망치기 위해 자신을 떠나버리는 상상을 하면 무섭다. 그를 잃고 싶지 않다. 그런 마음으로 기억술사를 찾는다면 옳고 그름을 떠나 이해할 수 있다고 생각했다.

하지만 마지막 동기는 다카하라가 상상도 하지 못했던, 이해할 수 없는 것이었다.

"그래서, 만약 가타야마 씨가 당신을 떠나버린다면…… 어떻게 하실 생각이었습니까?"

잃고 싶지 않은 소중한 상대이기에 자신과의 미래를 방해하는 기억을 지우고 싶다. 그렇게 염원하는 한편으로 자신도 예측할 수 없는 앞날을 시험하는 행동을 하다니. 영영 잃을지도 모르는데?

"그렇게 되더라도 어쩔 수 없다고 생각했어요. 앞으로도 그렇게 될 가능성은 있죠. 이제 그이는 죄책감에 얽매이지 않고 미래를 자유롭게 선택할 수 있는 상태가 됐으니까요."

미즈키는 다카하라의 반응마저 예상한 듯했다. 동요하는 기색도 없이 얼굴을 들고는 미소를 지었다.

"그때는 한 번 더, 그이가 절 좋아할 수 있게 노력할 거예요."

어떤 마음으로 그녀를 보아야 할지 알 수 없어 어색하게 웃어 보이는 것이 고작이었다.

미즈키는 정중하게 고개를 숙이더니 맑은 표정으로 사무소를 나섰다. 엘리베이터를 타자마자 그녀가 가방에서 스마트폰을 꺼내는 모습이 보였다. 이제 가타야마에게 연락해서 같이 돌아갈 것이다.

그녀도 가타야마도, 가타야마의 기억이 없어지기 전보다 훨씬 행복해 보였다. 본인이 잊고 싶어 했던 기억을 지웠을 뿐, 아무도 피해를 입지는 않았다.

기억을 지운다는 선택을 가타야마가 직접 할 수 있었을지는 모르겠다. 아마 그런 선택지는 없었을 것 같지만 적어도 지금의 그는 예전보다 편안해 보였다.

엘리베이터 홀에서 발길을 돌려 사무실로 향하며, 다카하라는 복잡한 심정에 머리를 긁적였다. 순수하게 축복할 수는 없었다. 하지만 그녀의 선택이 잘못됐다는 생각도 들지 않았다.

저들의 미소를 보고 나서는.

기억을 지워도 과거는 없던 일이 되지 않는다. 달라지는 건 기억이 지워진 자신뿐이다.

하지만, 그거면 충분할 때도 있다.

*

제일 마음이 흐트러지기 쉬운 시기를 일에 집중하며 흘려보냈다.

업무 쪽으로는 대강 정리가 됐다. 이 흐름대로라면 여차여차 의뢰인들에게 피해를 주지 않고 다 처리할 수 있을 것이다.

자신에게 시간이 얼마나 남았는지는 최대한 비밀로 해두고 싶지만 도노무라에게는 언젠가 이야기해야 한다. 앞으로 몸이 점점 쇠약해질 테니 의뢰인이 불안해하는 일 없이 업무를 소화하려면 그의 지원이 필수였다.

도노무라에게는 폐를 끼치게 되겠지.

고용주로서 책임감을 갖고 사전에 확실히 고지한 뒤 퇴직금을 지급해서 다음 직장이 정해질 때까지 그가 생활에 어려움을 겪지 않도록 할 작정이지만 퇴직할 때까지는 그의 도움을 받을 수밖에 없다.

그게 아니더라도 도노무라에게는 끝까지 숨길 수 없을 테니 이제 남은 건 타이밍뿐이었다.

나나미는…… 그 아이는 조금 더 골치 아프다.

사실대로 말할 수 있을 것 같지가 않다. 하지만 숨기더라도 언젠가는 알게 될 것이다. 느닷없이 다카하라가 없어져버린다면, 없어질 날을 계속 숨겼다는 걸 안다면 그 아이가 버틸 수 있을까.

(울겠지.)

그런 생각에 이르자 입가와 눈물샘의 긴장이 동시에 풀렸다.

죽을 때 누군가가 눈물을 흘릴 만큼 사람을 깊이 사귈

마음은 없었지만 별수 없다. 피차 마찬가지다. 그 부분은 일단 넘어가고, 문제는 그다음이다.

도노무라는 괜찮다. 분명 눈물을 흘리며 슬퍼하겠지만 아주 조금만 위로해주면 괜찮다. 스스로 다시 살아갈 수 있다.

하지만 나나미는 도노무라만큼 강하지는 않을 것이다. 조금 더 크면 상실감을 극복하고 스스로 인생을 일구어 나가게 되겠지만 그때까지 기다릴 수 있을 정도의 시간이 없다.

자신의 죽음이, 그 아이에게 돌이킬 수 없는 상처를 주게 될까 봐 두려웠다.

죽음을 생각하기보다 그들을 위해 할 수 있는 일을 생각하고 싶다. 내가 죽은 뒤에도 소중한 사람들이 살아갈 수 있게…… 그렇다면 나도, 안심하고 떠날 수 있을 테니까.

그리고 그럴 수만 있다면, 그들에게 따뜻하고도 깨끗한 추억으로 남고 싶다.

하지만 그럴 수 없다면…… 아물지 않는 상처가 되어 소중한 사람의 마음을 썩혀버릴 바에야…….

(기억술사…….)

사실 속으로는 시한부 선고를 받았을 때부터 믿고 싶었

던 것이리라. 가타야마의 기억이 지워졌다는 사실을 안 뒤로 줄곧 뇌리 한구석에 자리했던 생각이다.

만약 이즈미와 미즈키의 소원을 들어준 괴인이 정말로 존재한다면, 내 앞에도 나타나줄까.

두 사람이 알기 전에 찾을 수 있다면. 적어도, 돌이킬 수 없는 상처를 주지 않고 끝낼 수 있다면.

다카하라는 책상 앞에 앉자마자 인터넷 검색 이력을 열어 도시전설 사이트에 접속했다.

늦기 전에 닿아야 할 텐데.

*

실마리는 때때로 의외의 곳에서 나타나는 법이다.

"사람의 기억을 지울 수 있는 인간이 있다고 치고 그것을 실행하면, 그 행위는 죄가 됩니까?"

과거에는 학생 신분으로 강의를 들었던 모교의 강의실에서, 동문 자격으로 교단에 선 다카하라에게 그런 질문을 한 남학생이 있었다.

이즈미와도 미즈키와도 다르지만 그의 눈빛은 놀라우리만치 진지했다.

다카하라는 다른 사람들이 수상쩍어하지 않도록 무난하게 대답하면서, 들썽거리는 마음을 억눌렀다. 아무렇지 않은 척하며 왜 그런 질문을 하느냐고 묻자 그의 눈이 순간적으로 요동쳤다.

"……사람의 기억을 지우는 괴인이 있다는 도시전설이 있어서요."

친구와 나눈 이야기가 갑자기 생각나 물어본 것뿐이라고 둘러댔지만 다카하라는 알고 있다. 그는 기억술사를 허구 속 괴인이라고 생각하지 않는다. 진심으로 기억술사를 찾고 있다. 그 존재를 믿을 만한 이유가 그에게 있다는 뜻이다.

찾았다.

기억술사로 이어질 단서였다.

"흥미로운데." 다카하라는 그에게 웃어 보이며 어디까지나 가볍게 들리도록 신경 쓰며 말했다. "그 이야기에 대해 나중에 개인적으로 좀 가르쳐줄래요? …… 그럼 또 질문 있는 사람?"

그는 체념한 듯 눈을 내리깔았고 이내 다카하라에게 흥미를 잃은 듯했다. 괜한 질문을 했다며 후회할지도 모른다.

앞으로 남은 강연 시간은 몇 분.

어서 그와 이야기를 하고 싶다.

강연을 마치고 학생들의 박수를 받으며 강의실을 나선 후 다카하라는 복도로 나와 아까 그 남학생을 기다렸다. 학생들이 거의 다 빠져나간 강의실에서 혼자 나오는 그를 불러 세웠다.

"잠깐 시간 되나?"

그는 발을 멈추고 돌아보더니 의아하다는 듯 다카하라를 쳐다보았다.

"얘기를 나누고 싶어서. 개인적으로."

기억술사 말이야.

그에게만 들릴 만큼 목소리를 낮춰 덧붙이자 눈이 동그래졌다. 그는 천천히 고개를 끄덕였다.

그녀를 위한 거짓말

아사코에게 사나에는 동경의 대상이었다.

　사나에와 아사코의 엄마는 나이 차이가 많이 나는 자매다. 하지만 아사코는 사나에를 '이모'라고 부른 적이 없었다.

　어린 시절부터 '사나에 씨'라고 불렀다. 아사코는 그 발음의 울림이 매끈하고 자연스러우며 부드러워서 그녀에게 딱이라고 생각했다.

　사나에가 혼자 사는 오래된 단독주택도, 아담하지만 고상하고 구석구석 깔끔하게 유지되는 데다 항상 예쁘장한 꽃으로 장식되어 있어서 주인의 인품이 엿보이는 듯했다.

　아사코는 품에 안은 장바구니를 추슬러 올리며, 가지고

있던 열쇠를 꺼냈다.

문 너머로는 피아노 소리가 들려왔다. 서투른 음색은 사나에가 아닌 어린 학생이 내는 소리일 것이다. 사나에는 집에서 피아노를 가르친다.

"다녀왔습니다."

아사코가 문을 열어 가만히 말소리를 내자 피아노 소리가 멈췄다.

피아노 앞에서 학생과 나란히 앉아 있던 사나에가 몸을 돌리며 미소 지었다. 그녀가 입을 열기도 전에 사나에의 옆에 앉은 도모미와, 피아노 뒤 소파에서 책을 읽던(레슨을 먼저 끝내고 친구를 기다리는 듯한) 고토코가 입을 모아 "어서 오세요!"라고 말했다.

도모미는 근방에 사는 초등학교 오학년 여자아이로, 삼학년 때부터 사나에에게 피아노를 배우고 있다. 고토코는 도모미를 따라왔다가 수강생이 되었다. 그 아이는 여기에 다니기 시작한 지 아직 세 달밖에 되지 않았다.

집안일을 도우러 수시로 드나들다 보니 아사코는 거의 모든 수강생들과 알고 지내는 사이가 됐다.

"아사코, 고마워. 아사코가 장을 봐주는 게 얼마나 큰 도움이 되는지 몰라. 무거웠지?"

"아뇨, 무거운 건 배달해달라고 부탁했어요. 계란이랑 채소는 냉장고에 넣을게요."

사나에는 목소리도 예뻤다. 나긋나긋하게 말하는 것도 영화 주인공처럼 사랑스러웠다.

나도 저렇게 되고 싶은 마음에 따라해봤지만 어색한 말투가 부자연스럽기만 할 뿐, 예전에 엄마가 박장대소한 뒤로는 무리하지 않겠노라 결심했다.

"도모미, 미안해. 한 번 더 해볼까?"

"네에."

도모미가 곡 중간부터 다시 피아노를 치기 시작했다.

아사코는 그 소리를 들으며 식재료를 선반과 냉장고에 넣고, 두 학생에게 주려고 산 딸기를 씻어 꼭지를 뗐다. 이 제 곧 도모미의 레슨이 끝나는 시간이다.

사나에의 수강생은 열 명이 넘고 모두 착한 아이들인데 그중 진지하게 피아노를 연습하는 아이는 기껏해야 한두 명일 것이다. 아사코는 초등학생 여자애들이 피아노보다 간식을 기대하며 여기에 다닌다는 것을 잘 알고 있었다.

"자, 다음에 오기 전까지 이 부분을 연습해서 오렴."

시계가 다섯시 삼십분을 가리키자 사나에는 그렇게 말하며 악보를 덮었다.

도모미는 경쾌하게 "네에!" 하고 외치더니 악보를 천으로 된 가방에 넣고 기다렸다는 듯이 소파에 앉았다.

고토코도 기대감에 찬 눈망울로 사나에와 부엌의 아사코를 번갈아 보았다.

"곧 저녁 먹을 시간이니까 조금만 먹어."

아사코가 작은 그릇에 조금씩 담은 딸기에 우유와 설탕을 뿌려 내오자 소녀들의 눈동자가 초롱초롱해졌다.

예전에는 이 시간대에 수강생이 적었다. 작년까지 다섯 시 사십오분부터 텔레비전에서 어린이들에게 인기가 많은 인형극을 방영해서, 집에서 그걸 보고 싶어 하는 아이들이 이 시간대의 레슨을 꺼렸던 것이다. 그 방송이 종영되자마자 도모미네 어머니의 의향으로 레슨 시간이 변경됐다.

도모미의 가방에 달린 자수 인형은 그 방송에 나오는 캐릭터였다.

레슨을 마치고 귀가하면 딱 저녁 식사 시간이 되는데, 지금껏 여기에 올 때는 항상 간식을 줬기 때문에 도모미가 실망하지 않도록 시간이 변경된 후에도 소량의 간식을 준비했다.

아마 고토코도, 도모미에게서 간식을 먹을 수 있다는 말을 듣고 피아노를 배우기 시작한 게 아닐까 하고 아사코는 추측했다.

"맞다, 아사코. 혹시 이거, 네 거 아니니?"

홍차를 마시던 사나에가 퍼뜩 떠올랐다는 듯 물었다. 뒤이어 컵을 받침에 내려놓고 일어나서는 피아노 위에 있던 무언가를 가지고 왔다.

이거, 하며 들이민 것은 낯익은 하늘색 머리핀이었다. 친구와 함께 긴자의 매장에서 산, 좋아하던 핀이었는데 지난주부터 행방불명이 된 상태였다. 며칠 찾다가 포기하고 얼마 전에 다시 산 참이었다.

"앗, 그거…… 제가 여기에 가지고 왔었나요? 내가 왜 풀었지……. 전혀 기억이 안 나네. 잃어버린 줄 알고 새로 사버렸는데."

가끔 이럴 때가 있다. 스스로도 알고 엄마한테도 자주 혼나지만 나아지지 않는다.

"어휴, 왜 이렇게 자꾸 깜빡하지? 저도 제가 싫어지려고 해요."

비싼 거였는데, 하고 아사코가 투덜거리자 도모미가 홍차를 호호 불어 식히더니 새초롬한 얼굴로 위로해주었다.

"그건 어쩔 수 없어, 어쩔 수 없어. 기억술사가 왔다 간 거니까."

어른스러운 말투에 무심코 웃음이 터졌다.

"기억술사? 그게 뭐야?"

"엄마가 그랬어요. 할머니나 아빠가 뭘 까먹거나 하면 기억술사가 왔다 간 거라고. 사람의 기억을 먹어버리는 도깨비래요."

뜨거운 홍차도 곧잘 마시는 고토코가 반 정도 빈 컵을 내려놓더니 "잠깐만" 하며 입을 뗐다.

"도깨비 아니야. 나쁜 기억을 지워주잖아."

"그래도, 기억을 먹어버린다면 도깨비 맞지 않아? 착한 도깨비."

고토코도 기억술사 이야기를 아는 모양이었다.

아사코는 금시초문이었지만 의외로 제법 알려진 이야기일지도 모른다.

"도깨비 때문이라면 별수 없네."

사나에가 느긋한 목소리로 말하자 아사코도 찾았으니 됐다는 생각이 들었다. 아끼는 머리핀이다. 망가져도 하나 더 있다고 생각하면 평상시에 마음 놓고 착용할 수 있다. 다시 잃어버리지 말자고 생각하며 가방에 넣는데 현관 벨이 울렸다.

"안녕하세요, 이 시간에 죄송합니다."

"어머, 신이치. 어서 와."

대답은 사나에가 했지만 아사코가 소파에서 더 빨리 일어났다.

잽싸게 달려가 현관문을 열자 신이치가 왼손에 종이봉투를 들고 오른팔에도 꾸러미를 안은 채 서 있었다.

신이치는 키가 커서 체구가 작은 아사코와는 키 차이가 많이 났지만 동안이라 그런지 위에서 내려다보아도 위압감이 들지 않았다. 나이는 스물둘 아니면 스물셋 정도인데, 동안인 데다 스스럼없는 성격 덕분인지 아사코는 '어른'이라는 느낌을 받지 못했다. 기껏해야 '오빠' 정도랄까.

종이봉투에는 '스즈오카 상점'이라고 적혀 있었다. 수입품을 취급하는 가게의 이름이다. 신이치는 사나에가 주문한 통조림이며 마른 식품을 가지고 와주었다. 원래는 배달을 하지 않는 곳이지만 가게 주인인 스즈오카가 사나에게 호감을 갖고 있어 특별히 배달도 해주고 있었다.

스즈오카는 신이치의 하숙집 주인이기도 해서 신이치가 가끔씩 가게 일을 돕는 모양이었다. 남자가 없는 사나에의 집에서 잡일을 해주기도 하는, 사나에와 아사코와도 잘 아는 이웃이다.

"식사 준비에 필요한 게 있을지도 모르겠다 싶어서…….

너무 늦은 거 아니죠?"

"안 늦었어. 고맙습니다요."

아사코가 종이봉투를 들려 하자 신이치는 무겁다며 부엌까지 옮겨주었다.

"그리고 이거, 사장님이 전해달라고 하셨어요. 얻은 거라고 하시던데 괜찮다면 받아주세요."

그렇게 말하더니 오른팔에 안고 있던 꾸러미를 소파 앞 테이블에 내려놓았다.

"뭘까?"

사나에가 궁금해하며 꾸러미를 풀자 진녹색의 예쁜 캔이 나왔다. 아사코는 영어를 읽지 못하지만 캔의 그림으로 추측건대 내용물은 쿠키인 듯했다.

"매번 미안해서 어쩌지. 스즈오카 씨한테는 늘 받기만 하네."

사나에가 난처하다는 듯 볼에 손을 갖다 대며 고개를 갸웃거리자 아사코는 "뭐 어때요, 다음에 감사 인사를 하러 가면 되죠" 하고 다급히 둘러댔다. 사나에가 못 받겠다고 거절이라도 해버리면 모처럼의 횡재를 누리지 못하게 되니 말이다.

"조만간 판매할 수도 있으니 시식 평을 들려주시면 도

움이 될 거라고 하셨어요. 그거면 충분할 거예요."

신이치도 그렇게 말하자 사나에는 "그럴까" 하며 끄덕였다. 사나에는 단순히 스즈오카를 친절한 사람이라 여기는 듯하지만 아사코는 알고 있었다. 스즈오카는 사나에를 좋아하고 있다.

"사나에 선생님, 빨리 열어봐요. 네?"

도모미와 고토코는 쿠키가 궁금해 어찌할 바를 모르는 듯했다.

"오늘은 안 돼. 저녁을 제대로 못 먹게 될 테니까. 다음에 올 때 준비해줄게."

아이들은 다소 실망한 기색이었으나 딸기를 다 먹고 만족스러웠는지 "네에" 하고 순순히 답하며 가방을 챙겨 들었다. 아이들의 집은 걸어서 몇 분 거리에 있지만 너무 늑장을 부리면 식사 시간에 늦을 것이다.

아사코는 사나에와 둘이서 현관에 나가 배웅을 해주었다. 도모미와 고토코와 함께 신이치도 돌아갔다.

자, 이제 저녁 식사를 준비해야 한다.

아사코는 냉장고 옆에 걸어둔, 작은 꽃무늬가 프린트된 앞치마를 두르고 부엌에 섰다.

아사코도 전에는 여기에서 피아노를 배웠지만 도저히

흥미를 느낄 수 없어 그만둬버렸다. 친척이기도 해서 레슨을 제일 늦은 시간에 받다 보니 당시에는 레슨이 끝나면 사나에가 저녁 식사를 만들어줬었다. 피아노가 적성에 안 맞는다는 걸 알게 된 후에도 레슨을 이 년 정도 더 받았는데, 그 이유가 순전히 저녁밥 때문이라고 해도 과언이 아니었다.

이제는 피아노와는 완전히 멀어져버렸고 요리도 아사코가 하지만, 일주일에 두 번은 여기에서 같이 저녁 식사를 하고 있다.

아사코의 부모님도 혼자 산 지 오래된 사나에가 덜 적적할 거라 생각해서인지, 아니면 이참에 신부 수업이라도 시키려는 셈인지, 아사코가 여기에 드나드는 걸 허락해주었다.

"잘 먹겠습니다." 사나에는 국 하나와 세 가지 반찬으로 꾸려진 식탁 앞에서 웃으며 덧붙였다. "아사코는 요리를 참 잘하네. 항상 고마워. 조만간 긴자에 아이스크림 먹으러 가자. 감사의 뜻으로 내가 살게."

식탁에서 잘 보이는 선반 위에는 사나에와, 남편인 요스케가 나란히 찍힌 낡은 사진이 장식되어 있었다.

아사코가 태어났을 때, 요스케는 이미 없었다.

확인을 해보지는 않았지만 아사코는 그가 죽었을 거라고 생각했다. 어른들이 사나에를 '미망인'이라고 부르는 걸 들은 적도 있거니와 아사코의 부모님도 요스케를 죽은 사람으로 취급했기 때문이었다. 하지만 사나에는 한 번도 죽었다는 말을 한 적이 없었다.

"바다를 건너간 뒤로 소식이 끊겼어. 하지만 언젠가 꼭 돌아와줄 거야."

아사코가 초등학생이었을 때 처음으로 요스케에 대해 묻자 꿈을 꾸는 듯한 눈빛으로 사나에가 그렇게 말했던 것을 기억한다. 어렸던 아사코는 그 말을 믿고 로맨틱하다며 설레 했고, 그 감정을 그대로 표현하자 사나에가 기뻐했었다.

세월이 흐르며 주변의 인식과 사나에가 했던 말은 다른 것 같다는 느낌을 받았다.

아무래도 요스케는 행방불명이 된 후로 죽었다는 게 기정사실화됐지만 그 시기도 장소도 밝혀지지 않은 듯했다. 지금 알아보면 자세히 알 수 있을지도 모르나 사나에는 그러려고 하지 않았다. 요스케가 더 이상 이 세상에 없다는 사실을 확실시하고 싶지 않은 것일 터였다.

생사를 확인하지 않으면 언젠가 돌아올지도 모른다고

생각하며 살 수 있다.

요스케가 돌아올 일은 없다는 걸 모두가 다 알았지만 굳이 그 말을 입에 올려 사나에의 작고 행복한 세상을 부수는 짓은 하지 않았다.

어른들이 죄다 사나에 앞에서는 그 이야기를 꺼내지 않으려고 조심했으니 아사코도 묻지 않았다. 그저 그가 살아 있었을 때의 즐거운 추억을 들려달라고 졸랐을 뿐이다. 사나에는 기뻐하며 얘기해주었고, 아사코는 이미 들었던 이야기도 웃으며 들었다. 볼이 발갛게 상기된 채 요스케 이야기를 하는 사나에의 모습이 좋았기 때문이었다.

애초에 유복한 집안에서 태어나기도 했고 일찍이 남편을 잃어 혼자가 된 것도 영향을 줬을 수 있지만, 사나에는 생활에 찌든 느낌이 없어 언제까지고 소녀일 것만 같았다.

사나에는 지금 열일곱인 아사코만 한 나이 때 결혼했다고 한다. 그녀의 시간은 그때 멈췄을지도 모르겠다고 아사코는 생각했다.

사나에는 미인이어서 그녀에게 호감을 표하는 남성도 있었다. 지금은 스즈오카 정도지만 예전에는 더 많았다고 한다. 그녀가 미망인이 되고 몇 년쯤 지났을 때는 적극적인 남성이 여럿 있었고 큰 회사의 사장님이 구혼한 적도 있다고, 아사코의 엄마가 말해줬었다. 스즈오카도 규모는 작지만 수입회사와 상점을 운영하는 어엿한 사장님이다.

하지만 사나에는 과거밖에 보지 않는 듯했다.

"그 사람과 처음 만난 건……."

그렇게, 꿈을 꾸듯 이야기를 자아내는 그녀를 보면 누구나 알 수 있었다.

아사코는 사나에가 요스케 외의 남성에게 눈길을 주는 걸 본 적이 없었고 상상도 할 수 없었다.

언뜻 보아도 알 수 있을 만큼 사나에를 사모하는 스즈오카가, 거리를 좁히려 하지 않고 친절한 친구 정도의 위치를 지키는 까닭은 그 사실을 알기 때문이리라. 언젠가 자신을 봐주는 날이 오기를 바라고는 있겠지만 지금 마음을 고백한들 받아들여지지 않으리라는 걸 아는 것이다.

몇 년 전 그가 사나에를 흠모한다는 사실을 눈치챘을 때, 솔직히 말하면 아사코는 조금 불쾌한 기분이 들었다. 사나에는 계속 요스케를 그리며 살기를 바랐다. 이야기로만 전해 들었으나 아사코에게는 두 사람만큼 이상적인 부부가 없었던 것이다. 그걸 방해하지 말았으면 좋겠다고 생각했다.

하지만 지금은 스즈오카가 안쓰러워 보이기도 한다. 사

나에가 불편해하지 않고 경계하지 않을 정도의 선을 지키며 그녀에게 온 마음을 다하고 호감을 얻고자 노력하는 그의 순애보가 약간 애처로웠다.

고가의 선물은 피하고 진귀한 물품이나 귀여운 소품을 조금씩 골라 보내는 정성, 속으로는 매일 보고 싶으면서 며칠에 한 번씩 방문하는 섬세함, 세 번에 한 번은 자신이 아닌 신이치를 보내는 배려에서 그의 신중함과 소심함과 그만큼 사나에를 좋아한다는 진심이 훤히 들여다보였다.

돌아올 리 없는 남편을 기다리는 사나에와, 끝끝내 이뤄지지 않을 연심을 품은 스즈오카가 조금은 닮았다는 생각을 했다. 그래서 아사코는 스즈오카를 응원할 수는 없지만 그가 상처받지 않기를 바랐다.

아사코는 식탁에 사나에와 마주 보고 앉아 직접 만든 음식을 입에 넣었다. 사나에는 젓가락질을 능숙하게 잘해서 먹는 모습을 보는 것도 즐거웠다.

"아이스크림, 이모부랑 먹은 적도 있어요?"

"있고말고. 요스케가 데려가 준 가게가 있었는데……"

처음에는 단순히 반짝거리는 추억 이야기를 동경했던 아사코가, 사나에가 말하는 왕자님이 더 이상 그녀를 데리러 오지 않는다는 사실을 깨달은 지 몇 년이 지났다. 하지

만 사나에가 그렇게 믿는다면, 믿고 싶다면, 그래도 좋다
는 생각이 들었다.

"언젠가 저도 그런 멋진 사람을 만났으면 좋겠어요."

아사코의 말에 사나에는 "꼭 만날 수 있을 거야" 하며
미소를 머금었다.

*

"사나에 아주머니, 이대로 남편을 안 찾을 생각일까?"
신이치가 정원의 잡초를 뽑으며 말했다.

쓰레기봉투를 든 아사코는 등을 돌리고 앉아 묵묵히 풀
을 뽑는 신이치를 쳐다보았다.

사나에는 외출했고 아사코가 대신 집을 지키던 중이었
다. 정원의 잡초를 뽑으려던 차에 때마침 신이치가 와서
도와주고 있었다.

평소에도 무성해지기 전에 틈틈이 손질하기 때문에 시
간이 많이 걸리지는 않을 것이다. 앞으로 한 삼 분만 더 하
면 잡초가 눈에 띄지 않을 듯했다. 다 끝나면 부엌에 들어
가 차를 내릴 생각이다.

"찾아도 소용이 없는걸. 어쩌면 연락이 끊긴 직후에는

수소문했을 수도 있겠지만, 결국 지금까지 감감무소식이
니까……."

"소용이 없지는 않을 거야. 오히려 지금이면 침착하게
찾을 수 있을 테고……. 어떻게 됐는지 모르는 상태로 두
는 게 더 떨떠름하지 않아? 장례식도 안 했잖아."

신이치는 풀을 뽑더니 몸도 돌리지 않고 팔만 뒤로 뻗어
아사코가 든 쓰레기봉투에 던져 넣었다.

"사나에 아주머니도 남편이 살았는지 죽었는지도 모르
는 상태로 계속 기다리기 힘드실 것 같은데."

아사코는 손가락을 맞비벼 흙을 털어내는 신이치의 손
톱을 바라보았다.

뿌리를 깊게 내리지도 않은 잡초쯤이야 아사코 혼자서
도 힘들이지 않고 뽑을 수 있다고 생각했는데, 역시 신이
치가 훨씬 빨랐다. 덕분에 손 안 대고 코를 푼 격이 됐다.

"사장님이 예전에 경찰서인지 관공서인지에 지인이 있
으니까 찾아봐줄까 물어보신 적이 있는 것 같은데, 머잖아
돌아올 테니까 됐다고 거절하셨대. 몇 년 전 얘기지만."

"그렇구나. 그러다 만약 이모부를 찾아서 이 집에 돌아
오게 되면 스즈오카 사장님은 승산이 없을 텐데……."

"뭐, 그래도 어중간하게 지내는 것보다는 낫다고 생각했

을지도 모르지."

복잡한 남자의 마음이로구나.

영화나 드라마처럼 기억상실에 걸린 요스케가 발견되어 사나에에게 돌아온다든가…… 그런 식으로 전개되지는 않으리라는 걸 내다보고 그랬겠지만.

(찾을 리 없다고 생각하는 거겠지…….)

요스케가 이 세상 사람이 아니라는 사실은 모두가 알고 있었다. 사나에 또한 마음 한구석에서는 그렇게 생각할 것이다. 그럼에도 기다린다. 결정적인 사실을 알아버리지만 않는다면 희망을 걸어볼 수 있으니까.

"그래도 사나에 씨가 이모부의 행방을 찾는 일은 없을 거야. 죽었다는 걸 확인하게 될지도 모르잖아."

살아 있다면 사나에의 품으로 돌아오지 않을 리 없었다. 돌아오지 않는다는 것은 죽었거나, 설혹 어딘가에 살아 있다고 해도 돌아올 수 없는 사정이 있다는 뜻이다. 그 사정을 확인해봐야 좋을 건 없다.

"죽었다는 사실을 알게 되면 확실히 매듭짓고 다음 행복을 찾을 수 있잖아."

"사나에 씨는 그런 걸 바라지 않는단 말이야. 지금도 충분히 행복하니까."

저도 모르게 왠지 발끈해버렸다.

아사코가 대꾸하자 신이치는 반론하지 않고 시원스레 끄덕였다.

"그렇겠네. 과거 속에 머무르는 게 좋은 건지는 모르겠지만…… 적어도 본인이 행복하다면 주변에서 간섭할 일은 아니겠어."

잡초를 얼추 다 뽑고 일어난 뒤 아사코의 손에서 쓰레기 봉투를 받아 들어 입구를 묶었다. 아직 꽤 여유가 있다. 신이치는 봉투를 들고 정원 구석에 있는 정리함에 넣는 일까지 해주었다.

"차를 내릴게."

아사코의 말에 신이치는 돌아보며 미소를 지었다.

"응, 고마워. 일단 손부터 씻을게."

왠지 부부 같은 대화라고 생각했다. 어쩐지 간질간질하다. 사나에와 요스케도, 이 정원에서 이런 식으로 대화를 주고받은 적이 있었을까.

*

여름이 끝났을 무렵부터는 더 이상 스즈오카가 찾아오

지 않았다.

오너이면서 일주일에 며칠은 가게를 직접 보기도 했던 그를 매장에서 보는 일도 없어졌다. 일이 바쁘거나 해외에 나갔겠거니 생각했는데 주문한 걸 배달하러 온 신이치가 아무래도 몸이 좋지 않은 것 같다고 알려주었다.

"몸져누우신 건 아니라서 괜찮을 것 같긴 한데……."

일이 주 전부터 기운이 없다가 요 며칠 사이에는 집 밖으로 거의 나오지 않는 모양이었다.

"걱정되네."

사나에는 미간을 찌푸리며 그렇게 말하더니 신이치가 돌아간 후 복숭아 통조림으로 간식거리를 만들었다.

피아노 교실 수강생들에게 줄 것과는 따로 나눠 깊은 접시에 담은 뒤 뚜껑을 덮고 수평을 유지하며 조심스레 쇼핑용 바구니에 넣고는 아사코에게 건넸다.

"아사코, 대신 다녀와줄래? 병문안을 가고 싶지만 레슨이 있어서. 부디 쾌차하시라고 전해드려."

무자비한 사람이 따로 없지만 사나에는 스즈오카를 희망 고문한다는 자각은 없을 터였다.

그저 순수하게, 아픈 사람은 위로하고 친절히 대해주는 사람에게는 감사를 표현해야 한다고 생각할 뿐인 것이다.

아사코는 군말 없이 바구니를 받아들고는 심부름을 나갔다.

사나에의 부탁 때문에 아사코도 자주 들르는 스즈오카의 가게까지는 걸어서 십 분 정도의 거리였다. 가게 뒤가 회사 사옥으로, 대로를 낀 바로 건너편에 스즈오카의 집이 있었다.

부지는 넓은데 사장님 자택이라 하기에는 아담한 집이었다. 같은 부지 내에는 신이치가 사는 건물이 있다. 예전에 신이치가 장소를 알려준 적이 있어 길을 헤매지 않을 수 있었다.

아사코는 가게에는 자주 가지만 스즈오카의 집에 가는 건 처음이었다. 왠지 긴장됐다.

사나에의 선물을 건넸을 때 스즈오카의 반응이 어떨까 상상하니 기대되기도 하고 마음이 무거워지기도 하는 복잡한 기분이었다.

벨을 누르자 얼마 후 문이 열리며 통통하고 사람 좋아 보이는 여성이 모습을 드러냈다.

순간 집을 잘못 찾아왔나 싶었지만 명패에는 분명히 '스즈오카'라고 적혀 있었다.

"저기, 저, 그게…… 스즈오카 사장님 병문안 왔는데요.

구라하시 아사코라고 합니다."

"어머나, 이렇게 일부러 와주다니 고마워요. 잠시만 기다려주세요."

그녀는 아사코를 현관 안쪽으로 들이더니 슬리퍼를 끌며 안쪽으로 들어갔다.

노크 소리와 함께 말소리가 들려오고 얼마 지나지 않아 스즈오카가 당황해하며 얼굴을 내밀었다. 딱히 기운이 없어 보이지도 않고 환자로 보이지도 않았다. 하지만 살이 조금 빠진 듯했다.

"아사코?"

"안녕하세요. 저, 편찮으시다고 들어서 병문안 차……. 이거, 사나에 씨가 전해달라고 하셨어요."

기울어지지 않도록 조심하며 가져온 선물을 내밀자 스즈오카는 눈꼬리를 내린 채 받아들었다.

고마워, 라고 말하는 목소리에 힘이 없다. 사나에가 직접 만든 선물인데 왠지 울음을 터뜨릴 듯한 표정이었다.

스즈오카가 그런 표정을 보인 것은 한순간으로, 아사코의 시선을 느낀 탓인지 그는 곧장 아무렇지 않은 척하며 미소를 만들었다.

"미안하지만 이쪽에서 잠시 기다려줄래? 응접실에는 지

금 손님이 와 있거든."

"앗, 아니에요. 저는 이만……."

"여기까지 와줬는데 그냥 돌려보낼 수는 없지. 차라도 한 잔 마시고 가. 사치요 씨, 홍차 부탁해."

스즈오카는 아사코의 아빠보다 나이가 많았지만 지금까지 한 번도 결혼한 적이 없다고 했다. 그러고 보니 가사도우미가 드나들며 식사 준비부터 청소와 세탁까지 해준다는 이야기를 들은 적이 있었다.

사치요라고 불린 사람이 그 가사도우미일 것이다. 그녀 덕분인지 아사코가 안내받은 거실은 깔끔하게 청소가 되어 있었다. 커피 테이블 위에는 외국의 카탈로그 같은 책자가 놓여 있었지만 어질러졌다는 느낌은 들지 않았다.

스즈오카는 아사코에게 "잠깐만 기다리고 있어" 하고 말한 뒤 응접실로 돌아갔다. 집에서 비즈니스 미팅이라도 하는 중일까.

사치요라고 불린 가사도우미가 홍차와 쿠키를 가지고 왔다.

생각했던 것보다 스즈오카가 건강해 보여 안심했지만 아사코로서는 선물만 주고 갈 작정이었는데, 이러면 스즈오카의 일이 끝날 때까지 돌아갈 수 있을 것 같지 않다.

처음으로 방문한 집의 거실에 혼자 남겨져 불편하고 어색하다는 생각을 하며 홍차를 홀짝였다.

따분하니 괜스레 방을 둘러봤다. 평소 스즈오카는 성격 좋은 아저씨라는 느낌이라 멋지다거나 세련됐다는 인상은 못 받았지만 집 안은 썩 괜찮은 분위기였다. 전체적으로 서양풍이라 왠지 사나에의 집과 비슷한 부분이 있었다.

세간붙이는 아사코가 봐도 고급스럽다는 걸 알 수 있는, 온통 수입 제품 같은 것들뿐이었다. 역시나 수입 가구로 짐작되는 커피 테이블 위에 놓인 카탈로그로 눈길을 돌렸다. 기다리는 동안 이거나 볼까 싶었지만 마음대로 봐도 될지 조금 망설여졌다. 카탈로그는 테이블 위에 있었고 그 앞의 소파에 앉아 기다리라고 했으니 문제없을 것 같긴 한데, 예의 없다고 생각하진 않을지.

카탈로그의 표지를 힐끔거리다가 그 아래에 깔린, 커다란 봉투 같은, 종이로 된 서류철이 눈에 들어왔다. '히가시긴자 탐정 사무소'라고 적혀 있었다.

(탐정 사무소?)

평소 볼 일도 들을 일도 없는 단어였다.

아사코는 상상하기 어렵지만 사장이라는 지위에 있으면 업무상 탐정과도 일할 일이 있는 걸까. 거래처를 조사한다거나?

그런 생각에 사로잡혀 컵을 보지 않은 채 손을 뻗은 게 화근이었다. 손가락이 컵 손잡이에 걸렸고 아차 싶을 때는 이미 늦어버렸다.

컵이 쓰러지며 남은 홍차를 쏟은 것이다.

허둥지둥 왼손으로 컵을 바로 세우고 오른손으로 카탈로그와 서류철을 잡아들었다.

붉은 홍차는 테이블 위에 고여 카펫을 더럽히지는 않았지만 다급하게 들어 올린 탓에 거꾸로 들린 서류철에서 내용물이 쏟아졌다.

바닥이 젖지는 않았으니 나중에 주우면 되겠지.

일단은 손수건을 꺼내 테이블을 닦았다. 남은 홍차가 얼마 없어서 손수건으로도 닦을 수 있을 정도의 양이라 다행이었다.

손수건도 짜야 할 만큼 젖지는 않았기에 젖은 면을 안쪽으로 접고 텅 빈 바구니 안에 넣었다. 증거는 인멸했으니 남의 집에서 홍차를 쏟았다는 사실은 아무도 모를 것이다. 아마도.

일단 안도하며 숨을 내뱉은 뒤 바닥에 떨어진 서류를 줍기 위해 웅크려 앉았다. 다행히 서류철의 내용물은 끈으로 묶인 종이다발이었다. 낱장이었다면 사방팔방 흩날렸을 것이다.

봉투에 다시 넣으려고 주워 든 그때, 표지에 적힌 손글씨가 눈에 들어왔다.

미나가와 요스케에 관한 조사 보고서

뜻밖의 이름에 몸이 얼어붙었다.

미나가와 요스케. ……요스케?

탐정 사무소의 보고서에 그 이름이 있다는 사실이 가리키는 것은 하나밖에 없다.

아사코가 종이 다발을 손에 든 채 굳어 있는데 응접실 문이 열리더니 스즈오카가 손님 같아 보이는 남성과 함께 나왔다.

엉겁결에 그쪽을 쳐다봤다가 스즈오카와 눈이 마주쳤다. 조사 보고서를 봉투에 다시 집어넣을 겨를도 없었다.

분명 아사코가 보고서를 손에 든 모습을 봤을 텐데 스즈오카는 나무라지 않았다. 현관까지 손님을 배웅하고 아사코에게는 들리지 않을 작은 목소리로 한두 마디 대화를 나누고는 문을 닫았다. 그리고 오래 기다렸다며 아사코 앞으로 다가왔다.

"……봤구나."

그렇게 흘러나온 목소리는 어쩔 수 없다고 포기한 것 같으면서도 왠지 안도한 듯한, 묘한 분위기를 품고 있었다.

"죄송해요, 그게, 실수로 떨어뜨려서 주우려다가……."

"괜찮아. 그런 곳에 둔 내 잘못이야."

스즈오카는 가까이 오더니 사이에 한 사람 정도 앉을 수 있을 만큼의 간격을 두고 소파 끝에 걸터앉았다. 아사코도 같이 앉았다.

"이거…… 이모부를 조사하신 거예요?"

스즈오카는 고개를 끄덕이며 말했다. "멋대로 이래도 되나 싶었지만 가만히 있지를 못하겠더라고. 지인에게 부탁했는데…… 어떤 결과든 사나에 씨에게는 말하지 않을 생각이었어. 그냥 내가 알고 싶었을 뿐이니까. 진심이야. 사나에 씨가 원하지 않는다면 알릴 생각 없었어."

참회라도 하듯 고개를 푹 숙인 채 같은 말을 반복했다.

아사코는 스즈오카를 비난할 수도 없고, 용서할 수도 없다. 그러니 그저 잠자코 듣기만 했다.

물론 사나에에게 일언반구도 없이 그녀의 남편을 찾은 것은 부적절한 행위이다. 하지만 그 심정은 헤아릴 수 있었다. 요스케가 사나에의 곁으로 돌아오지 않는 이유를 알고 싶은 마음은 아사코도 마찬가지였다. 당사자가 알고 싶어 하지 않는다면 사나에가 알 필요는 없다고 생각하지만 아사코는 궁금했다.

아사코가 성인이고 경제력이 있고 알아봐줄 지인이 있다면(사나에에게 알릴지 말지는 차치하고) 어쩌면 스즈오카와 같은 행동을 했을지도 모른다.

"믿기 힘든 결과여서, 뭔가 착오가 있었던 게 아니냐고 지인에게 한 번 더 확인했는데⋯⋯." 스즈오카는 괴로운지 미간을 찌푸리며 신음하듯 말했다.

내용은 아직 안 봤다고 말할 타이밍을 놓쳐버렸으니 스즈오카는 아사코가 내용을 안다고 생각할지도 모른다.

믿기 힘들다는 게 무슨 뜻일까.

불길한 긴장감에 심장 박동이 빨라졌다.

스즈오카가 한동안 가게에 나오지 않고 사나에의 집에 오지도 않았던 이유가 조사 결과와 관련이 있는 걸까?

"사나에 씨 집에 사진이 있잖아. 여러 번 봤으니까 나도 얼굴을 외워버렸어. 사진을 보고 바로 그 사람이라는 걸 알았지. 양쪽 다 오래된 사진이지만."

오래된 사진. 얼핏 보면 조사 보고서는 오래되지 않은,

극히 최근에 의뢰한 것일 텐데 사진이 오래됐다는 게 무슨 의미일까.

오래된 사진밖에 남지 않았다는 말은 역시나 요스케는 꽤 오래전에 죽었다는 뜻인가. 하지만 그 사실은 조사하기 전에도 예상할 수 있었을 터였다.

혹시 비명횡사했나. 그렇다면 사나에한테는 절대로 말할 수 없다.

"나도 참 바보였지. 조사 결과가 어떻든 사나에 씨에게는 알릴 수 없으니 내막을 알게 되어도 나만 괴로워질 뿐이었는데. 모르는 게 나았어. 하지만 알게 된 이후로 그 사실이 머릿속에서 사라지지 않아. ……실은, 이걸 혼자서만 안다는 게 괴로웠어."

스즈오카의 눈에 눈물방울이 맺혔다는 걸 알아채고 화들짝 놀랐다. 남자 어른이 눈물을 글썽거리는 모습을 보는 것은 처음이었다.

"아사코, 그걸 가지고 가줘. 버려도 상관없어. 난 그걸 버릴 수가 없어."

스즈오카는 몸을 반으로 접듯 허벅지 위에 양쪽 팔꿈치를 갖다 대더니 손으로 눈을 가리듯이 얼굴을 덮었다.

"사나에 씨에게는 도저히 보여줄 수 없어. 알아봐준 지인은 알려주는 게 좋지 않겠느냐고 해서 고민했지만……
역시 아니야. 그러기에는 사나에 씨가 너무 불쌍해."

아사코는 서류철을 통째로 들고 집으로 왔다.

사나에의 집에 가지고 갈 수는 없으니 들어가기 전에 서
류철을 정원에 숨겨둔 뒤 빈 바구니를 사나에에게 주고,
집으로 갈 때 챙겨왔다.

사나에에게는 "사장님은 몸이 안 좋아 보였지만 몸져누
워 계시지는 않았다, 얼마간 푹 쉬면 좋아질 거라고 말씀
하셨다"라고 적당히 둘러댔다.

평소보다 서둘러 돌아가는 아사코를 사나에는 의아하다
는 듯 쳐다봤지만 설마 스즈오카의 집에서 요스케 조사 보
고서를 가져왔다는 상상은 꿈에서도 하지 못할 것이다.

아사코는 양심의 가책을 느끼며 사나에의 집을 나섰고,
부모님이 알아채지 못하도록 서류철을 몸에 숨겨 가지고
들어간 뒤 자기 방의 책상 서랍에 넣었다.

스즈오카는 버려도 된다고 말했으나 내용을 보지 않고
서는 판단할 수 없었다. 확인할 생각으로 가져왔지만 바로
열어보기에는 겁이 나서 우물쭈물하는 동안 저녁 식사 시
간이 되어버렸다.

요스케는 어디에서 어떻게 죽었을까.

사고나 사건에 휘말린 걸까.

시신 사진 같은 게 있지는 않겠지. 그런 걸 스즈오카가 아사코에게 줬을 것 같지는 않다.

즉 스즈오카가 믿기 힘들다고 한 건 내용 쪽이다.

부모님과 저녁 식사를 마친 후(보고서 내용이 신경 쓰여 밥이 입으로 들어가는지 코로 들어가는지도 모를 지경이었지만) 아사코는 결심을 굳힌 뒤 방으로 돌아와 문을 닫고 서류철을 열었다. 그다지 두껍지는 않은 보고서를 꺼내 조심스레 펼쳤다.

첫 페이지에 낡은 증명사진이 붙어 있었다. 사나에가 보여준 적 있는 사진과 똑같은, 요스케의 얼굴이었다. 사나에의 집에서 봤던 사진에서보다 나이가 더 든 것처럼 보였다.

그 옆에 생년월일과 사망일이 적혀 있었다.

역시 죽은 게 맞구나 생각하다가, 뭔가 이상하다는 걸 알아차렸다.

"죽은 시기가…… 오 년 전?"

의외로 최근이었다.

사나에가 요스케를 몇 년 동안 기다렸는지 정확하게 들은 적은 없지만 오 년은 턱없이 짧다. 요스케가 오 년 전까지 살아 있었다면 왜 사나에에게 돌아오지 않은 것일까.

사진 아래에 시간 순서대로 적힌 이력 중에서 제일 아래에는 '폐렴으로 사망'이라 적혀 있었다.

아사코는 거기에서 거꾸로 올라가며 짧은 보고서에 정리된 요스케의 인생을 더듬기 시작했다.

출생, 입학, 졸업, 취직, 결혼…….

보고서 중간까지 읽고는 깨닫고 나서 바닥에 주저앉았다. (거짓말. 그럴 리 없어.)

말도 안 된다. 이 보고서는 잘못됐다. 요스케는 사나에와 서로 사랑했고 두 사람은 아사코가 생각하는 이상적인 부부였는데…….

"아사코? 무슨 일 있니? 계속 불렀는데 대답도 없고."

어느 틈에 문이 열렸는지 엄마가 방에 들어와 있었다.

아사코는 보고서를 손에 든 채 명한 표정으로 고개를 돌려 올려다보았다.

엄마의 시선이, 바닥에 떨어진 서류철의 표지로 향했다.

*

보고서를 읽고 엄마에게 듣기 전까지 아사코는 사나에

가 요스케와 정식으로 결혼한 것이 아니라는 사실, 즉 혼인 신고를 하지 않았다는 사실을 몰랐다. 그래서 보고서에 적힌 내용 하나하나가 더욱더 혼란스러웠다. 하지만 당시 사나에 부부를 아사코보다 더 잘 알았던 엄마는 보고서를 읽고 그 의미를 바로 이해한 듯했다.

미나가와 요스케는 사나에를 만나기 전부터 이미 유부남이었다.

사나에는 당연히 몰랐을 것이다. 혼인 신고는 하지 않았지만 자신과 요스케는 부부라고 믿었다. 사나에의 가족과 친구들도, 누구 하나 요스케의 비밀을 아는 사람은 없었다. 요스케는 몇 년간 모두를 속였던 것이다.

아사코의 엄마는 분하다는 듯 인상을 잔뜩 찌푸리며 말했다. "업무로 집을 비우는 일이 많았던 이유가 이거 때문이었네."

요스케는 '일 때문에' 떠났고, 사나에의 곁으로 돌아오지 않았다.

모두가 그는 출장지에서 죽었다고 생각했지만 그게 아니었던 것이다. 요스케는 무사히 돌아왔다. 다만 사나에가 기다리는 집이 아니라 원래 자신의 집, 법적 배우자가 있는 집으로 말이다.

그는 처자식과 행복한 인생을 보냈고 오 년 전에 폐렴으로 사망했다. 병원에서, 가족들에게 둘러싸인 채 눈을 감았다.

요스케가 무슨 속셈으로 사나에와 부부 흉내를 냈는지는 알 수 없다. 처음부터 갖고 놀 생각이었을 수도 있고 사나에와 사랑에 빠져 헤어지기 싫었을지도 모른다. 어느 쪽이 됐건 더 이상 의미는 없었다. 확인할 방도도 없다.

이미 다른 가정이 있는 상태에서 사나에에게 한평생의 사랑이라는 굴레를 씌워놓고 저 혼자 인생을 누린 뒤 죽어버렸다.

미나가와 요스케는 잔인하고 이기적인 남자였다.

사진 속의 자상해 보이는 요스케는 사나에가 들려준 추억 속의 이모부 그 자체이건만.

보고서를 읽은 엄마가 아빠와 의논한 뒤 사나에에게 알리러 가려는 것을 아사코는 울며 말렸다. 사나에가 불쌍하다고 만류하는 아사코에게 엄마는, 모르는 상태로 지내는 게 더 불쌍하다고 말하며 사나에에게 진실을 알리겠다는 자세를 굽히지 않았다.

어른들의 대화이니 집에 있으라는 말에 아사코는 따라갈 수 없었다. 그래서 부모님이 사나에에게 어떤 식으로 말했는지, 사나에가 진실을 알고 어떤 반응을 보였는지는 모른다.

부모님은 그날 밤늦게 지친 기색으로 돌아왔지만 아무 이야기도 해주지 않았다.

아사코는 그날 밤을 뜬눈으로 지샜고 다음 날 하교하자 마자 사나에의 집에 갈 채비를 했다.

"하루밖에 안 됐잖아." 엄마가 가지 못하게 말렸다. "분명 혼자 있고 싶을 거야. 그냥 두는 게 나아."

실제로 사나에에게 진실을 밝혔고 그녀의 모습을 본 엄마가 그렇게 말하니 그 말을 무시하고 밀어붙일 수도 없는 노릇이었다. 하지만 언제까지 혼자 두는 게 좋단 말인가.

사나에가 혼자 상처받고, 울고, 언젠가 털고 일어나서 예전 모습으로 돌아오기를 마냥 기다리면 되는 것인가. 그런 날이 오기는 할까.

곁에 없지만, 살아 있는지조차도 알 수 없었지만 요스케의 존재는 사나에가 살아가는 버팀목이었다. 인생 그 자체였다고 해도 좋을 정도다.

그랬던 게, 부부였다는 사실조차 거짓이었다니…… 진실을 알고 사나에는 얼마나 상처받았을까.

그리고 그녀에게 그 사실을 들이민 것은 조사 보고서였

다. 스즈오카가 의뢰했고 아사코가 가져왔다. 사나에가 얼마나 큰 충격을 받았을지 생각하면 괴롭고 미안해서 사나에를 볼 낯이 없었다.

하지만 자신이 얼굴을 마주하기 힘들다는 이유로 사나에를 혼자 두는 것은 잘못이라는 걸 알고 있었다.

엄마의 말대로 적어도 하룻밤 정도는 혼자 생각할 시간이 필요할지도 모른다. 하지만 계속 혼자 뒀다가 안 좋은 생각을 해버리는 게 아닐지 불안했다.

자신이라면 어떨까 상상해봤지만 사나에는 아사코가 아니다. 상상하는 데도 한계가 있었다. 너무 오래 혼자 두면 점점 더 얼굴을 보기 힘들어질 것이다.

엄마의 지시에 따라 딱 하루 기다린 뒤 다음 날인 토요일에 사나에의 집을 찾았다. 엄마는 아직은 이르지 않느냐고 말하고 싶어 하는 눈치였지만 아사코가 "혼자 있다가 극단적인 생각이라도 하게 되면 안 되잖아"라고 하자 더이상 아무 말도 하지 않았다. 그녀 역시 그럴 가능성이 없지 않다고 생각했을지 모른다.

사나에는 지금 자질구레한 것들을 신경 쓰지 못하는 상태일 테니 아사코가 도울 만한 일이 여럿 있을 것이다. 피아노 교실은 당분간 쉬는 게 좋지 않을까. 오늘은 원래 레슨이 없는 날이지만 내일 이후의 일정을 취소하려면 연락을 돌려야 한다.

평소처럼 집안일을 돕고 대화 상대가 되어주기만 해도 조금은 기분 전환이 될 것이다. 사나에가 이야기하고 싶지 않다면 조용히 있다 나오면 된다. 불편해하는 기색을 보이면 가사만 하고 바로 오면 그만이다. 사나에가 괜찮은지, 그것만 확인할 수 있으면 된다.

아사코는 사나에의 집 열쇠를 갖고 있지만 예전처럼 아무렇지 않게 들어가기가 꺼려져 현관 벨을 눌렀다.

대답은 없었다.

물을 틀어놓을 때처럼 벨소리가 잘 들리지 않을 때도 있으니 한 번 더 눌러보았다.

이번에도 대답이 없었다. 집에 없는 걸까. 외출할 기운이 있다면 다행이지만 행여나 안에서 쓰러져 있기라도 한다면 큰일인데.

열쇠를 꺼내 잠긴 문을 조심스레 열었다.

불은 꺼져 있었다.

커튼이 쳐져 있어 어둑어둑했지만 틈새로 새어 들어오는 빛줄기 덕에 집 안의 모습은 충분히 알 수 있었다.

사나에는 거실에 있었다.

평소 수강생들이 간식을 먹거나 다음 수강생이 전 수강생의 레슨이 끝날 때까지 기다리곤 하는, 피아노 뒤의 소파에 앉아 있었다.

평소에는 스커트 위에 손을 포개 곧은 자세로 앉는 그녀가 오늘은 소파 등받이에 깊숙이 기대어 멍하니 허공을 응시하고 있었다.

방 안은 너무나 고요해서 분명히 벨소리가 들렸을 텐데도 일어나려는 기색조차 보이지 않았다. 겨우 하루 만에 사나에는 급격히 늙어버린 듯했다.

"사나에, 씨."

아사코가 조심스레 부르자(일단 소리는 들리는 것 같다) 사나에는 느릿느릿 고개를 돌려 이쪽을 보았다.

"……아아."

아사코, 하며 입술이 움직였다.

아사코를 인식하고는 있다. 하지만 그게 전부일 뿐 평소처럼 웃지도 않고 곧게 앉지도 않고 소파에 잠긴 듯한 모습 그대로였다.

가까이 가자 술 냄새가 났다.

이 집에서, 사나에한테서 술 냄새가 나는 것은 처음이었다.

심장이 쿵쾅거린다. 긴장된다. 손끝이 차가워졌다.

더 가까이 가 살펴보니 유리 찬장 안에 있던 브랜디 병이 테이블 위로 나와 있었다. 그 옆에는 유리잔도 놓여 있고 잔 바닥에는 호박색 선이 남아 있다.

사나에가 술을 마시는 모습은 본 적이 없었다.

몇 년간 찬장 속 장식품이나 다름없던(손님용인 줄로만 알았던) 병의 내용물은 반 정도로 줄었다. 원래 얼마나 들어 있었을까. 설마 하룻밤 사이에 이만큼이나 줄었을 리는 없다고 생각하고 싶건만.

"저…… 피아노 수강생들한테 연락할까요? 내일은 도모미와 고토코가 오는 날이잖아요. 제가 전화할게요."

사나에를 차마 빤히 쳐다볼 수 없었던 아사코는 거실 입구 바로 옆에 있는 전화기로 다가갔다. 그러면 사나에에게서 반쯤 등을 돌리는 형태가 된다.

벽에 붙은 달력에는 작은 글자로 그날그날 올 수강생들의 이름이 적혀 있었다. 도모미, 마키, 가요, 유코, 고토코.

얼굴이 떠오르는 아이도, 그렇지 않은 아이도 있지만 수강생이라면 전화기 옆에 있는 주소록에 번호가 적혀 있을 터였다. 내일은 도모미와 고토코 두 명, 모레는 세 명이다.

사나에에게 얼마만큼의 휴식이 필요한지는 모르겠지만

적어도 내일은 무리일 터였다. 아사코가 주소록을 살핀 후 수화기를 든 그때였다.

"아사코도 알지?"

뒤에서 중얼거리는 듯한 사나에의 목소리가 들려왔다.

아사코는 수화기를 든 채로 무심결에 돌아보았다.

"요스케가 죽어버렸어. 내 세상에서 사라져버렸어. 그것만으로도 어떡해야 할지 모르겠는데……. 아사코, 그 사람은 처음부터 없었던 거래."

사나에는 아사코 쪽을 보지 않았다. 여전히 허공을 응시하며 뻐끔거리듯 말했다.

"나한테 남편 같은 건 처음부터 없었대……. 다른 사람의 남자였대……."

"……사나에 씨."

아사코는 수화기를 내려놓고 소파에 한 발짝 다가갔다.

"아무 생각도 할 수가 없어. 악몽을 꾸는 것 같아……. 아니면, 요스케와 보낸 날들이 꿈이었던 걸까."

나만의 꿈이었을까, 라고 읊조리듯 내뱉더니 사나에는 천천히 턱을 당겨 몇 초간 고개를 숙였다. 그러다 힘겹게 고개를 들어 아사코 쪽을 보고 물었다.

"아사코, 내가 불쌍하지?"

순간적으로 아사코가 머뭇거리자 사나에는 답변을 기다리지도 않고 담백한 어조로 이어갔다.

"나도 내가 그래. 미치도록 불쌍하고, 우스워."

"아냐, 그렇지 않아요."

부정하는 말도 사나에에게는 닿지 않은 듯했다. 들리기는 하는데 닿지 않는다.

사나에는 아사코의 얼굴을 쳐다보지도 않았다.

"나 말이야." 그녀가 눈빛만큼이나 공허한 목소리를 내뱉었다. "그 사람에게 사랑받았다고, 사랑하는 사람에게 사랑받을 가치가 있는 사람이라고…… 그렇게 믿고 그 확신만으로 살아왔어. 다 거짓말이었는데, 존재하지도 않는 걸 버팀목으로 삼고 귀부인인 양……. 다른 사람들이 본 나는, 속이 텅 빈 거품일 뿐이었어."

아사코는 그렇지 않다고 한 번 더 말했지만 목소리에 눈물이 배어 나왔다. 가닿지를 않는다. 그렇지 않은데. 절대로 그렇지 않은데.

"죄송해요, 사나에 씨. 제가…… 제가."

보고서를 가져왔고, 엄마에게 들켰고, 그래서 사나에가 진실을 알게 되어버렸다. 몰라도 됐을 일인데. 몰랐다면 사나에는 지금까지 그랬던 것처럼 평온하게 미소 지으며 살 수 있었을 텐데. 아사코가 동경하던 사나에의 모습으로 살았을 텐데.

사나에는 아사코의 사죄에도 아무 반응 없이 그 자세 그대로 팔을 뻗어 거의 텅 빈 유리잔을 손톱 끝으로 튕겼다.

"그 사람이 좋아했던 술, 나는 홍차에 넣는 정도였는데, 그대로 마셔도 전혀 맛이 느껴지지 않아. 아무 맛이 안 나는데도 이렇게나 마셔버렸네."

"몸에…… 안 좋을 거예요."

게다가 사나에와는 어울리지 않는다.

그러나 그 말을 입에 올릴 수는 없었다. 이렇게나 상처 받은 사나에에게 여전히 의연한 꽃처럼 있어주기를 바라는 것은 아사코의 이기적인 바람이었다.

울지 말라고도, 힘을 내라고도 말할 수 없었다. 하지만 사실은 사나에의 이런 모습을 보는 게 괴로웠다. 언젠가는 사나에가 예전으로 돌아올 수 있을지, 어쩌면 영영 잃게 되는 건 아닐지, 그런 생각을 하면 무서워서 눈물이 터질 것 같았다.

아사코의 마음을 어떻게 해석한 것인지 사나에는 실망했느냐고 물었다.

"하지만 나, 어떻든 상관없어. 아사코가 환멸하든 말든."

웃으려고 했는지 사나에의 입꼬리가 올라가려다 말고 굳었다. 본 적 없는 그 표정에 또다시 가슴이 죄어들었다.

"꼴 보기 싫지? 미안해. 꼴 보기 싫으니까 그만해야겠다고 생각하지 않는, 그게 제일 꼴 보기 싫네. 어떻든 상관없다는 말이나 하고."

그런데 진심으로 어떻든 상관없어, 사나에는 그렇게 말하더니 한 손으로 얼굴을 덮었다. 다른 손은 힘없이 몸 옆에 떨어진 상태였다.

"술을 마시고, 잠들었다 일어나면, 전부 다 잊었기를 바랐어. 그런데 기억이 나. 머리만 아플 뿐이야."

한숨과 함께 흘러나온 목소리에는 지친 기색이 역력했다. 당연한 일이지만 말투까지도 평소의 사나에가 아니었다. 그게 너무나도 낯설었다.

"몰랐다면 좋았을걸. 그 사람에게 사랑받았다고 믿을 수 있었다면…… 나는 분명, 그 믿음 하나만으로도 살아갈 수 있었을 텐데. 그 사람을 기다릴 수 있었을 텐데. 돌아오지 않는다고 해도, 기다리는 것 자체가 삶의 의미였어. 그 사람에게 사랑받았던 나로 살아야겠다는 생각에 당당하게 지낼 수 있었어."

고요한 음성은 서글프지도 않았다. 목소리에 아무 감정

도 실리지 않은 것이다.

사나에가 울부짖는 모습 같은 건 보고 싶지 않았지만 감정이 증발해버리기라도 한 듯 뻐끔뻐끔 말하는 걸 보는 심정도 괴로웠다.

"하지만 더 이상 그 사람을 기다릴 수도 없네. 이제 어떻게 살아야 할지 모르겠어." 사나에는 얼굴을 덮었던 손을 내리며 말했다.

울지는 않았다. 그저 망연자실한 듯했다.

"처음부터, 사는 게 아니었을지도 몰라. 난 그 사람에게 사랑받은 적조차 없었어. 내가 나라고 생각했던 나는 어디에도 없어."

어느 사이엔가 눈물이 흐르고 있었다. 사나에가 아닌 아사코의 눈에서.

사나에는 아무런 반응도 보이지 않았다.

사나에 앞에서 운 것은 초등학생 때 이후로 처음인데, 그럴 때마다 다정하게 달래줬던 기억이 떠올랐다.

엄마한테 혼났다, 친구와 싸웠다, 그런 이유로 아사코가 울면 사나에는 "괜찮아, 울지 마" 하며 안쓰러워하는 얼굴로 달래줬었다. 지금은 아사코가 사나에를 위로해야 하는데 뭐라고 해야 할지도 모르겠고, 어떤 말을 해도 닿지 않으리라는 걸 알기에 애가 탔다.

돌이킬 수 없을 만큼 사나에에게 큰 상처를 준 요스케는 더 이상 이 세상 사람이 아니었다. 사실을 확인할 수도, 진의를 캐물을 수도, 분노를 쏟아낼 수도 없다. 모든 게 다 끝나버린 상황이라 어찌할 도리가 없었다.

사나에는 여태껏 믿어왔던 사실을 그저 부정당하고, 내팽개쳐진 것이다.

사나에는 보고서를 가져온 아사코를 탓하지 않았다. 그대신 우는 아사코를 달래지도 않았다. 의식적으로 그리 행동하는 게 아니라 아무 생각도 하지 못하는 듯했다.

아사코는 눈물을 훔쳤다. 울려고 온 것도 아니고, 위로받으려고 온 것도 아니다.

사실 마음속 어딘가에는 용서받고 싶다는 생각이 있었을지도 모른다. 그런 마음을 반성했다.

아사코는 전화기 앞으로 돌아가 내일 레슨이 예정된 수강생들의 집에 전화를 걸었다. 그리고 부엌에 가서 된장국을 끓여 그릇에 담고 젓가락과 함께 사나에 앞에 내려놓았다. 사나에가 식사를 할 것 같지는 않았지만 이 정도라면 먹어줄지도 모른다.

그러는 동안 사나에는 계속 소파에 앉아만 있었다.

"내일도 올 테니까. 이거 먹고, 침대에서 주무세요."

대답은 없었다.

현관문을 닫고 집에서 나와 문을 잠갔다. 그제야 다리가 떨리기 시작했다.

사나에는 조용해서 아사코가 걱정했던 것처럼 울부짖거나 아사코를 비난하지는 않았다. 하지만 오히려 그게 더 무서웠다.

엄마는 한동안 혼자만의 시간을 주는 게 나을 거라고 했지만 그러지 않은 것이 천만다행이었다. 내일도 모레도 와야겠다고 마음먹었다.

시간이 지나면 통증은 옅어질지도 모른다. 하지만 통증이 옅어질 정도의 시간을 사나에가 버텨낼 수 있을까. 사나에가 죽어버리면 어쩌지.

도저히 입 밖으로 낼 수 없는 걱정이었지만 아사코는 정말로 무서웠다.

*

아사코가 수강생 전원에게 전화를 돌려 피아노 교실은 쉬게 되었다.

수강생들에게는 사나에가 몸이 안 좋다고 둘러댔다. 병문안 오겠다는 아이도 있었으나 옮을 수도 있다는 이유를 대며 거절했다.

사나에는 집에서 한 발짝도 나오지 않았다.

소파에서 자면 감기 걸린다는 아사코의 말에 침대에 눕기는 했는데 이번에는 거의 일어나지를 않았다. 침대에 있어도 자는지 안 자는지도 알 수 없었다. 식사도 거의 하지 않아 점점 야위어갔다.

언제나 말끔하게 다듬었던 머리칼이며 피부가 푸석푸석해지는 모습을 보는 게 괴로웠다. 사나에도 그런 모습을 보이고 싶지는 않아 할 것이란 생각에 애써 눈길을 피했는데, 사나에는 그걸 의식할 여유조차 없는 듯했다.

매일 사나에가 살아 있는지 확인하기 위해 집에 들렀다.

죽이며 수프, 과일 등 먹기 수월할 것 같은 음식을 그녀 앞에 두고 돌아오고, 다음 날 가서 거의 손도 대지 않은 그 음식들을 정리한다. 그런 일상의 반복이었다.

한 번은 신이치가 걱정스러운 마음에 와주었지만 집 안으로 들이지는 않았다.

이런 사나에의 모습을 남들에게 보이고 싶지 않았다. 시간이 얼마나 걸릴지는 알 수 없으나 사나에가 회복했을 때 스스로를 창피하게 여기지 않았으면 하는 마음에서였다.

속사정을 아는 사람은 아사코와 아사코의 부모님, 그리고 스즈오카뿐이었다.

스즈오카에게는 가게에 장을 보러 갔을 때 사나에가 보고서 내용을 알아버렸다는 사실만 전했다. 스즈오카는 울상을 지으며 "그랬구나" 하더니 허리를 깊이 숙여 진심으로 미안하다고 사과했다.

사나에가 알고 싶지 않았던 진실을 마음대로 들쑤신 건 스즈오카이지만, 그것을 사나에가 알아버린 건 아사코 잘못이다. 아사코에게는 스즈오카를 탓할 권리가 없었다. 공범이나 마찬가지인 셈이었다.

사나에에게 돌이킬 수 없는 큰 상처를 주고 말았다. 어떻게 해야 속죄할 수 있을지도 모르겠다. 할 수만 있다면 시간을 돌리고 싶다는, 이루어지지 않을 생각마저 했다.

"사나에 아주머니는 좀 어떠셔? 피아노 교실 쉰 지 일주일이나 됐다고 들었는데."

스즈오카의 가게에 가자 웬일로 신이치가 자리를 지키고 있었다. 걱정스레 묻는 모습을 보아하니 아무래도 스즈오카가 이야기를 하지는 않은 모양이었다.

"사장님도 아직 컨디션이 안 좋은 것 같아" 하고 덧붙이더니 표정이 어두워졌다.

아사코는 "아직은 편찮으셔"라고만 말하고 선반에서 물건을 꺼내 신이치에게 건넸다. 그러고는 차갑게 들렸을지도 모르겠다는 생각에 "사장님도 빨리 나으셨으면 좋겠다"하고 덧붙였다.

신이치가 봉투에 담아주기를 기다리는데 초등학생 정도로 보이는 두 소녀가 가게 안으로 들어왔다.

스즈오카 상점에는 진귀한 수입품이 많아 구경하는 재미가 쏠쏠하다. 게다가 수입 과자 중 포장 상태가 불량한 것은 개봉해서 낱개로 팔기도 하기에 어린이 손님도 적지 않았다.

두 소녀는 모두 사나에의 수강생들인 도모미와 고토코였다.

무슨 이야기를 하던 중이었는지는 모르겠지만 학교에서 뭔가 안 좋은 일이라도 있었는지 풀이 죽은 모습인 고토코에게, 도모미가 언니 같은 말투로 말하는 것이 들렸다.

"기억술사한테 부탁하면 돼. 지워지면 깔끔하잖아. 그러면 우울한 기분도 없어질 거야."

"너 요즘 매일 기억술사 얘기만 하더라. 무서운 얘기 싫다니까."

"왜? 괴인 빨간 망토보다 무섭지도 않고, 친절하잖아. 싫은 걸 잊게 해준단 말이야. 우리 엄마가 도깨비라고 해서 다 나쁜 건 아니라고 했어."

그때 고토코가 아사코를 발견하고 꾸벅 고개를 숙였다. 도모미도 "안녕하세요" 하며 쾌활하게 인사를 해주었다.

"사나에 선생님은 괜찮아요?"

"응. 그래도 당분간 더 쉬어야 할 것 같아."

두 아이는 침울한 표정으로 고개를 끄덕였다.

수강생들은 사나에를 잘 따랐다. 도모미는 예전에 실수하면 손을 때리는 선생님에게 피아노를 배운 적이 있어서, 사나에는 화내지 않고 자상하게 가르쳐주니 좋다고 했었다. 순수하게 사나에를 걱정하는 아이들에게 거짓말을 하는 건 괴로웠지만 사실대로 말할 수는 없다. 사나에를 만나게 할 수도 없었다.

"병문안은 안 되더라도 집에만 들어가지 않으면 되는 거죠? 다음에 종이로 접은 꽃을 가져갈 테니까 사나에 선생님께 전해줄래요?"

"당연하지. 선생님도 기뻐하실 거야."

아이들의 시선이 과자가 진열된 선반으로 옮겨가자 아사코는 안도의 숨을 내쉬었다.

언제까지 거짓말을 해야 하는 걸까.

언젠가는 사나에가 기운을 되찾고 다시 그 집에서 피아노 교실을 열 수 있는 날이 올까. 지금은 그런 날이 오리라는 상상조차 할 수 없었다.

"기억술사라……."

부지중에 아까 들은 이름이 입에서 새어나왔다.

싫은 기억을 지워주는 도깨비라고, 도모미가 이야기했었다. 요괴 같은 것이겠지만 지금 상황에 그렇게나 마침맞은 존재가 정말로 존재한다면 아사코는 한 치의 망설임 없이 찾아갈 것이다.

"정말 그런 도깨비가 있으면 좋겠는데……."

신이치는 아사코의 한심한 넋두리를 확실히 들은 모양이었다. 뭔가 하고픈 말이 있는 듯 아사코를 쳐다봤지만 아사코는 아무것도 아니라며 고개를 저은 뒤 계산하기 위해 돈을 냈다.

"언니도 기억술사를 만나고 싶어요? 엄마한테 물어봐줄까요?"

도모미도 중얼거리는 걸 들었나 보다. 자신이 좋아하는 화제에 아사코가 흥미를 보이자 신이 났는지 생글생글 웃으며 물었다.

아사코는 그 천진난만한 제안에 씁쓸히 웃으며 "그럴까" 하고 받아주었다. 정말 그런 게 있다면 좋겠지만······.

"기억술사? 오랜만에 듣네."

때마침 가게에 들어온 여성 손님이 그런 말을 했다.

동년배의 여성과 함께였다. 친구끼리 쇼핑을 하러 온 듯했다. 연령은 둘 다 오십 대 중반 정도는 돼 보였다.

"어서 오세요." 신이치가 인사했다.

"기억술사를 아세요?"

"아줌마도 도깨비 좋아해요?"

"기억술사는 도깨비가 아니야. 그래도 뭐, 괴인이나 도깨비나 비슷비슷하긴 하네."

같이 온 여성이 "그러게" 하며 웃는다.

"그러고 보니 요즘에는 통 못 들었어. 옛날에는 사람들이 참 고마워했는데."

"기억술사가 나오지 않는다는 건 평화로워졌다는 뜻이겠지?"

"그럴지도 몰라."

둘이서 즐거운 듯 이야기를 주고받았다.

최근 들어 어린애들 사이에서 유행하는 괴담인 줄 알았는데, 중년 여성이 '오랜만'이라고 표현하는 걸 보면 기억술사는 꽤 오래된 민화나 설화 속 존재인 것일까.

"기억술사가, 무서운 이야기…… 맞죠? 옛날부터 있었던 이야기예요?"

"무서운 얘기는 아니야. 어느 집의 누가 기억술사한테 부탁해서 기억을 지웠다더라 하는 소문이 몇 번 돌았지."

아사코의 질문에 여성 손님은 조금도 주저하지 않고 재미있다는 듯 말해주었다.

"그나마 최근이라면…… 몇 년 전인지는 모르겠지만 못된 사내에게 비참하게 버려진 아가씨가 있었거든. 자살 시도도 했지만 죽지 못했던 그 아가씨가, 기억술사에게 부탁해서 기억을 지웠다는 얘기를 들은 적이 있어."

다른 여성분이 덧붙였다. "그 아가씨는 다른 사람 만나서 행복하게 결혼에 골인했지."

"언제부터인가 그런 소리가 안 들리게 됐고, 이제는 어쩌다 한 번씩 누가 뭘 깜빡하면 기억술사가 왔다 갔나 보다 하면서 장난을 치는 정도야."

아사코네 집안에는 뒷이야기를 즐기는 사람이 없기 때문인지 아사코는 그런 농담을 들은 적이 한 번도 없었다. 하지만 '기억술사'는 아이들 사이에서 최근에 돌기 시작한 풍문이 아니라 상당히 오래전부터 이 부근에서 알려진 존재인 듯했다. 그것도 실존하는 누군가의 기억상실과 맞물려서.

"기억술사라는 게…… 정말 있나요?"

무심코 내뱉은 뒤 비웃지는 않을지 불안해졌지만 여성들은 우스워하는 기색 없이 끄덕거리며 말했다.

"그야 마법처럼 기억을 지우네 먹네 하는 건 과장이겠지만, 실제로 기억이 지워진 사람 이야기를 들었으니 뭔가는 있겠지. 난 천리안이나 투시 같은 그런 능력의 일종이겠거니 생각했어."

기억술사. 끔찍한 기억을 지워주는 괴인.

너무나도 수상하지만, 두 여성은 어린애들이 만들어낸 이야기가 아니라 실재한다고 말했다.

신비한 힘을 가진 사람인지, 요사스러운 도깨비의 한 종류인지, 무엇을 위해 어떻게 기억을 지우는 것인지, 그런 건 아무래도 상관없었다.

머리 한구석에서 그 말을 믿는 건 어리석다고 생각하면서도 그 생각을 내리누를 만큼 강하게 믿고 싶었다. 지푸라기라도 잡아야만 했다.

'사나에 씨의 기억을 지울 수 있다고? 전부 없었던 일로 할 수가 있어?'

아사코는 장바구니 손잡이를 꽉 쥐었다.

"아사코."

자신을 부르는 소리에 정신이 번뜩 들었다.

신이치가 난처하다는 표정으로 쳐다보고 있었다.

가게 안에서 손님들끼리 잡담을 너무 오래 나눠도 민폐일 것이다. 볼일을 다 끝낸 아사코가 한없이 눌러앉아 있을 수는 없었다.

아사코는 신이치에게 고맙다고 말한 뒤 여성 손님들에게도 인사를 하고 가게에서 나왔다.

도모미와 고토코도 가게에서 낱개로 파는 사탕을 하나둘씩 골라 산 후 아사코와 간발의 차이로 가게를 나섰다. 아사코는 지나다니는 사람들을 방해하지 않도록 전봇대 아래에 서서 아이들이 멀어져가는 모습을 바라보았다.

그대로 한동안 기다리자 가게에서 아까 그 여성 손님들이 나왔다. 아사코는 그 손님들이 가게에서 멀어지기를 기다렸다가 바로 쫓아간 뒤 길모퉁이 앞에서 불러 세웠다.

*

아사코는 분필을 들고 역의 게시판에 메시지를 적었다.

스즈오카 상점에서 들은 대로 기억술사에게 보내는 메시지였다.

역 앞의 벤치는 초록색이니 마침 잘됐다고 여기며 그곳에 걸터앉았다.

기억술사 이야기를 잘 알고 있던 그 여성분들의 말에 따르면 기억술사는 해 질 무렵, 초록색 벤치에 앉아 기다리는 사람 앞에 나타난다고 한다. 역 게시판에 이름과 만나고 싶은 이유를 남겨두면 기억술사가 찾아와준다는 이야기도 들었다.

이 역이라면 둘 다 시도할 수 있다.

속죄하기 위해, 사나에를 위해 뭐든 하고 싶은데 아사코가 할 수 있는 건 먹어주지 않는 식사를 준비하거나 무사한지 확인하려고 사나에의 얼굴을 보러 가는 정도가 전부였다. 그게 제 마음 편하자고 하는 행동이라는 걸 아사코도 알고 있었지만, 그렇게라도 하지 않으면 어떻게 해야 사나에의 예전 모습을 되찾을 수 있을지 가늠조차 할 수 없었다.

그러니 설령 황당무계한 유언비어일지라도 희망을 찾을 가능성이 있다면 매달릴 수밖에 없었다. 뭐가 됐든 할 일이 있다는 그 자체만으로도 위안이 된다.

해가 저물기 시작할 즈음부터 어두워질 때까지 기다렸지만 아무 일도 일어나지 않았다.

아사코는 게시판의 글은 그대로 두고 집으로 돌아갔고, 다음 날도 사나에의 집에 들른 뒤 역 벤치에서 기억술사를 기다렸다.

*

"아사코."

역 벤치에 앉아 기다린 지 사흘째. 해가 기울기 시작한 무렵이었다.

오늘도 이렇게 끝나네 하며 한숨을 내쉰 그때, 누군가가 말을 건 것이다. 고개를 드니 신이치가 서 있었다.

"약속 있어?"

"……응."

친근하게 부르는 그 목소리에 기억술사가 아니라는 것을 알았지만 저도 모르게 실망한 표정을 지었을지 모른다.

신이치는 걱정스럽다는 듯 눈꼬리를 내린 채 떨어진 곳에 있는 게시판을 힐끗 쳐다보며 말했다.

"저런 데다 이름을 쓰면 어떡해. 기억술사가 아니라 나

쁜 사람들이 찾아오면 어쩌려고. 기억술사인 척하고 다가
오면 너는 따라가버릴 것 같아."

신이치는 간격을 두고 아사코 옆에 앉았다.

집에 들어가라는 핀잔을 들을 거라 예상했는데 조금은
뜻밖이었다.

그는 역 앞을 우연히 지나가다가 아사코를 발견한 것일
까. 어쩌면 아사코를 찾아다녔을지도 모른다. 가게에서 다
른 손님과 대화하는 것을 보고 아사코가 기억술사를 만나
고 싶어 한다는 생각에 걱정이 돼서.

"기억술사 얘기, 오빠는 알아?"

손님들이 얘기하는 걸 들었으니까, 하며 신이치는 고개
를 끄덕였다.

"요괴라는 둥 신통력 있는 사람이라는 둥 요상한 기계
를 가진 과학자라는 둥 여러 얘기를 들었지만…… 실제로
만났다고 하는 사람은 못 봤어. 어느 집의 누구 기억이 지
워졌다더라 하는 소문만 있을 뿐이고. 아무래도 미덥지가
못해."

"……나도 알아."

아사코도 그런 구색 좋은 괴인이 실재할 리 없다는 것은
안다. 그래도 마법처럼 기억을 깨끗하게 지울 수는 없더라

도, 소문의 근원이 된 뭔가가 존재한다면 사나에를 도울 수 있지 않을까…… 그렇게 생각한 것이다.

달리 방도가 없으니 터무니없이 괴상한 낭설이라도, 작은 가능성이라도 붙들고 싶었다.

아사코가 고개를 떨어뜨리자 신이치는 당황해하며 "미안" 하고 사과했다.

"내가 참견할 일은 아니겠지만…… 그래도 걱정돼. 네가 그런 것에 집착하는 것도, 십 대 소녀가 매일 늦은 시간까지 이런 곳에 혼자 있는 것도."

신이치는 앉은 채로 몸을 아사코 쪽으로 돌리더니 진지한 표정을 지었다.

"기억술사 얘기, 난 헛소문이라고 생각하지만 네가 그걸 믿는다는 걸 이용해서 나쁜 마음을 먹고 접근하는 사람이 있을지도 몰라. 게다가 소문이 돌게 된 원인처럼 정체도 알 수 없는 수상한 뭔가가 정말 있다면 더 위험하고."

진심으로 걱정해주는 마음이 느껴졌다. 눈물이 흐를 것만 같았다.

자신이 한 짓이 후회스럽고, 앞으로 어떻게 될지 생각하면 두려워서 누군가가 도와주기를 바랐지만 아무에게도 털어놓을 수 없었다. 참회할 수도 없었다.

존재 여부조차 알 수 없는 마물에라도 기대고 싶을 만큼 불안해서 견딜 수 없었다.

사정을 모르는데도 자신을 걱정해주는 신이치에게 아사코는 '고마워, 하지만 괜찮아'라고 말해야 했다. 그렇게 말하려고 했는데, 입을 열자마자 눈물이 쏟아졌다.

"요괴든 초능력자든 과학자든 상관없어. 사나에 씨를 도울 수만 있다면 뭐든 괜찮아."

양손으로 얼굴을 덮었다. 하려던 게 아닌 말을 내뱉어버렸지만 한 번 터져 나오기 시작하자 말도 눈물도 멈출 수 없었다. 연신 흐느끼며 "내 잘못이야, 미안해"라는 말을 반복했다.

느닷없이 울음을 터뜨렸으니 놀라고 당혹스러웠을 법도 한데 신이치는 말없이, 달래듯이 아사코의 어깨를 어루만져주었다. 그리고 아사코가 마침내 차분해지자 나지막이 말했다.

"사나에 아주머니, 편찮으신 게 아니구나."

아사코는 신이치에게 모든 것을 털어놓았다.

스즈오카가 요스케의 조사를 의뢰한 것. 처분해달라고 받은 보고서를 부모님께 들킨 것. 그리고 사나에가 무너져버렸다는 것.

신이치는 묵묵히 들어주었다.

"사나에 씨의 그런 모습은 더 이상 보고 싶지 않고, 그저 예전으로 돌아왔으면 좋겠어. 내 잘못이니까 내가 어떻게든 해야 하는데…… 나는, 할 수 있는 게 아무것도 없어."

사나에가 그렇게 되어버린 건 자신이 벌인 짓 때문이면서 그런 모습을 보고 싶지 않다는 말이 얼마나 이기적인지 스스로도 잘 알았다. 아사코가 괴로운 것쯤은 아무 문제도 아닌데 말이다.

아사코와는 비할 수 없을 만큼 사나에야말로 지금 괴로움에 몸부림치고 있다. 얼마나 고통스러울까. 지금까지 살아온 인생 전부를 바칠 만큼 사랑했던 단 한 사람에게 배신당했다는 사실도, 여태껏 추구해온 자신의 모습이 그것 때문에 무너져 내렸다는 것도.

언젠가는 사나에의 상처가 아무는 날이 온다고 해도, 그러려면 사나에가 요스케를 사랑하고 기다렸던 세월만큼이나 긴 시간이 걸리지는 않을까. 그것은 아사코 입장에서는 억겁과도 같은 시간이었다.

"그래서 기억술사가 아주머니의 기억을 지워주길 바란 거구나."

아사코가 끄덕이자 신이치는 눈살을 찌푸리며 입을 다

물었다.

할 말을 찾는 듯했다. 그가 기억술사를 만나겠다는 생각을 찬성하지 않는다는 것은 한눈에 알 수 있었다. 황당한 이야기만 듣고 하염없이 기다려본들 누가 나타나줄 리 없다고, 그렇게 말할지도 모른다.

그렇더라도 기다릴 작정이었다. 존재한다는 확실한 증거도 없지만 없다는 결론이 난 것도 아니다. 다른 방법이 없는 이상, 사나에를 도울 수 있을지도 모른다면 가늘디가는 지푸라기라도 움켜잡고 싶었다.

"기억을 지울 수 있는 괴인이라니, 그 표현부터가 떨떠름하지만⋯⋯ 실제로 있다면 그렇게 쉽게 모습을 드러낼까? 네가 여기에서 기억술사를 기다려도 만날 가능성보다 위험한 상황에 처할 가능성이 훨씬 높을 것 같아."

기억술사 같은 게 있을 리 없다는 강한 부정에서 에두른 표현으로 바뀌기는 했지만 신이치는 역시나 아사코가 기억술사를 찾는 것에 반대하는 입장이었다.

그는 아사코에게서 눈을 떼지 않고 타이르듯 말했다. "기억술사가 진짜로 있다고 치고⋯⋯ 소문대로 사람의 기억을 지울 수 있다고 해도 그게 정말 좋은 일일지는 생각해봐야 해. 한번 지우면 기억이 다시는 돌아오지 않을지도 몰라."

"그렇게 힘든 기억은 안 돌아와도 돼."

신이치는 천천히 고개를 저으며 말했다. "그래, 잔인한 말이지만…… 사나에 씨는 진실을 알게 됐을 뿐이야. 그것 때문에 꿈속에서 살 수 없게 되어버렸지만…… 아무리 잔혹해도 그게 현실이야. 분명 시간은 걸리겠지만, 난 스스로 극복할 수밖에 없다고 생각해. 지워버리는 방법을 찾는 것보다."

"극복하다니, 어떻게? 사나에 씨는 밥도 안 먹고, 잠을 제대로 자고 있는지조차 모른단 말이야."

반론하다가 목소리에 눈물이 섞였다.

어깨에 있었던 신이치의 손이 떨어졌다.

신이치는 사나에를 보지 않았으니까 저런 말을 할 수 있는 것이다.

"지금은 충격받은 상태겠지만 이제 현실을 직시하고, 극복할 수 있도록 지금 곁에 있는 사람들이 도와주면……."

"세상엔 그렇게 강한 사람만 있는 게 아니야." 쉽게 말하지 말라고 내동댕이치듯 말했다.

그럴 수만 있다면 소중한 사람은 씩씩했으면, 웃었으면 좋겠다. 꿈속을 살아도 좋으니 행복했으면 좋겠다.

하지만 그럴 수 없다면…… 적어도 살아 있어줬으면 좋겠다.

"사나에 씨, 죽어버릴지도 몰라."

말해버렸다.

거의 잦아들었던 눈물이 다시 흐르기 시작했다.

매일 사나에의 집에 가는 이유는 살아 있는지 확인하기 위해서였다. 문을 열 때마다 사나에가 죽어 있으면 어쩌지 하는 두려움이 엄습했다. 사나에가 침대에 누워 있을 때는 조심스레 가까이 다가가 숨을 쉬는지 확인했다.

사나에가 스스로를 챙기는 것까지는 바라지도 않았지만, 하루아침에 호흡이 멈춰버리고 눈을 뜨지 않게 되는 상황이 벌어질지 모른다는 생각을 떨쳐낼 수 없었다. 그런 불안이 일렁일 만큼 지금의 사나에는 위태로웠다. 그래서 매일 무서워서 미쳐버릴 것 같았다.

"어떻게 되든 간에 사나에 씨가 죽는 것보단 훨씬 나아."

역 벤치에서 얼굴을 파묻고 하염없이 흐느껴 우는 아사코가 진정될 때까지, 신이치는 옆에 있어주었다. 신이치가 잘못한 것도 아닌데 떼를 쓰고 말았다. 어린애처럼 울기나하고.

땅거미가 내려앉아 이슥해지고 나서야 눈물이 잦아들었

고, 이성을 잃어서 미안하다고 어른스럽게 사과하려 했는데…… 눈이 마주친 순간 신이치가 슬픈 표정으로 미안하다고 말하자 아사코는 또다시 울음이 터질 것 같았다.

*

다음 날, 아사코는 학교에서 돌아온 후 사나에에게 가기 위해 집을 나섰다. 그러다 사나에의 집으로 가는 길목에서 신이치를 마주쳤다.

우연이 아니라 그는 아사코를 기다린 것 같았다.

아사코를 걱정하는 마음에, 또는 바보 같은 생각 말라고 다시 설득하기 위해 기다린 걸까. 어제 그런 일이 있었으니 왠지 어색했다.

아사코는 오늘도 사나에의 상태를 확인한 뒤 역으로 갈 작정이었다.

"사나에 아주머니 댁에 가는 거야?"

아사코가 고개를 끄덕이자 신이치는 팔을 뻗어 아사코가 들고 있던, 사나에에게 줄 것들이 들어 있는 장바구니 손잡이를 잡았다. 짐을 들어주겠다는 뜻일까. 아사코가 망설이다 손을 놓자 신이치는 옳지, 라고 하듯 씨익 웃었다.

"오늘은 내가 아주머니 댁에 다녀올게."

"응?"

"넌 좀 쉬어. 장을 봐야 한다면 내가 다녀오면 돼."

"그래도……."

사나에의 그런 모습을 다른 사람에게 보여주고 싶지는 않다. 사나에 또한 같은 생각일 것이다. 지금 그녀는 그런 걸 신경 쓸 여유가 없을지도 모르지만 언젠가 예전 모습으로 돌아간다면 분명 창피하게 여길지도 모르고, 후회할지도 모른……

(언젠가 예전 모습으로 돌아간다면?)

그런 날이 올 거라는 장담을 할 수 없다는 사실을 깨닫자 또다시 불안감이 끓어올랐다.

사나에가 혼자 집에 틀어박혀 아무도 만나지 않은 지 벌써 보름이 지났다. 아사코가 드나들며 살피는 덕에 가까스로 생활은 유지하고 있으나(최소한의 식사를 하고 잠만 잘 뿐이라 '생활'이라고 해도 될지 모르겠지만) 다른 사람을 만나지 않는, 다른 사람의 시선을 신경 쓰지 않는 나날에 익숙해져 버리면 사회성은 사라질 뿐이다. 이 상태로 시간이 흐르면 흐를수록 사나에는 점점 밖으로 나가기 어려워질 터였다.

너무 늦기 전에, 정말로 아무와도 만나지 못하는 상태가 되어버리기 전에, 무리를 해서라도 다른 사람을 만나게 하는 편이 좋을지 모른다.

"충격 요법까지는 아니지만 어느 정도 자극을 줘보는 것도 좋지 않을까?" 아사코의 생각을 읽기라도 한 듯이 신이치는 입을 열었다. "너는 친척이니까 사나에 아주머니도 스스럼없이 약해진 모습을 보여줄 수 있겠지만…… 내가 가면 아주머니는 어쩌면 겉으로라도 정신을 붙들려고 할지 몰라. 허세든 뭐든 괜찮은 척이라도 한번 하게 되면 자신을 추스를 계기가 될 수 있을 것 같은데."

아사코도 일리 있는 말이라고 생각했다.

사나에가 다른 사람을 의식한다면 사회성을 완전히 잃지는 않았다는 뜻이다. 그걸 확인하는 건 의미가 있고, 사나에가 사회와의 끈을 다시 부여잡는 계기가 될지도 모른다.

친척인 아사코나 아사코의 부모님에게는 불가능한 일이었다.

신이치는 원래 사나에와 가까웠고 이런 일이 생기기 전에는 집에도 드나들었으니 사나에도 크게 거부감을 느끼지는 않을 것이다.

"그러면 나도 같이……."

"그럼 의미가 없지. 네가 쉬었으면 해서 오늘만 교대하겠다는 뜻인데." 신이치는 쓸쓸히 웃으며 말을 이었다. "그리고 너랑 같이 가면, 뭐랄까, 그런 의도가 빤히 보이지 않겠어? 불시에 내가 찾아가는 게 충격 요법으로도 효과가 있을 거야."

그 말이 맞을지도 모른다.

행여나, 친하기는 하지만 생판 남인 신이치 앞에서도 사나에의 모습이 전혀 달라지지 않는다면 그야말로 사태는 심각하다는 뜻이다. 하지만 사나에가 조금이라도 반응을 한다면…… 그것이 거절이라고 해도 희망은 있다.

이것이 사나에가 다시 일어서는 계기가 됐으면 좋겠다.

아사코는 뜻을 굳힌 뒤 사나에에게 주려고 했던 생필품과 열쇠를 신이치에게 맡겼다.

신이치와는 스즈오카의 가게와 사나에의 집 중간쯤에 있는 막과자점에서 만나기로 했다.

신이치는 자신은 친척이 아니니 사나에에게 거절당하거나 그녀가 침실에서 나오지 않을 경우에는 테이블 위에 물건만 두고 바로 오겠다고 약속해주었다.

저녁이 되자 골목길은 아이들로 북적였다. 과자점 앞에는 나무 상자에 보자기를 씌웠을 뿐인 간소한 의자가 늘어서 있어서 앉아 쉴 수 있게 되어 있었다. 아사코는 그곳에서 사이다를 마시며 신이치를 기다렸다.

오늘은 사나에의 집에 가지 않아도 된다고 생각하니 마음이 놓였다.

신이치는 다 꿰뚫었을 것이다. 확실히 딱 하루 해방됐을 뿐인데 아사코는 눈에 띄게 마음이 가벼워진 것을 느끼고 있었다. 그렇게 되어버리기 전에는 사나에의 집에 다니는 게 즐거웠다. 지금은 책임감과 죄책감 때문에 다니고 있던 것이다.

보름 동안 이렇게나 피폐해졌으니 언제까지고 계속할 수는 없을지도 모른다. 사나에가 이대로 바뀌지 않는다면 언젠가 자신은 사나에를 멀리하고 싶어질지도 모른다. 그렇게나 좋아했는데, 지금도 좋아하는데, 그리고 그 지경이 되도록 사나에가 상처를 받은 건 자신 때문인데.

자신의 이기적인 마음에 신물이 났다.

자기혐오에 눈물이 샘솟았지만 어제 신이치 앞에서 오열을 해버렸으니 꾹 참았다.

사나에의 집에서 이 과자점까지는 도보로 몇 분 정도의 거리라서 무슨 일이 있다면 바로 신이치가 와줄 것이다. 하지만 지금으로서는 신이치가 허둥지둥하며 달려올 것

같지는 않았다. 그 말인즉 신이치는 집에 들어갔고 사나에
와 대화를 하고 있다는 뜻일까.

조금씩 조금씩, 마지막 반은 핥듯이 마신 사이다 병이
다 비었을 때쯤 신이치가 나타났다.

그에게는 어울리지 않는 장바구니를 들고 뭔가 묘한 표
정을 짓고 있었다.

사나에에게 무슨 일이 있다면 더 당황한 모습이어야 하
는데. 긴급 사태는 아닌가 보다 싶어 안도하면서도 신이치
의 표정이 무슨 의미인지 궁금했다.

어땠어? 만났어? 아사코가 묻기도 전에 신이치는 텅 빈
장바구니를 아사코에게 넘기며 입을 열었다.

"사나에 아주머니, 평소랑 다름없던데?"

"뭐?"

신이치는 가게 안으로 들어가 노파에게 동전을 건넨 뒤
얼음물에 담긴 사이다 한 병을 꺼냈다. 젖은 손을 흔들어
물을 털어낸 뒤 아사코 옆에 앉았다.

신이치 또한 당혹스러워하는 듯했다.

"내가 아는 아주머니 모습 그대로였어. 내가 가기 전에
도 손님이 왔다고 하던데……."

"손님? 사나에 씨가 다른 사람을 만났다는 말이야? 그게

무슨……."

사나에는 손님 대접을 할 수 있을 만한 상태가 아니다. 그러기는커녕 스스로 현관문을 여는 행동조차 하지 않았다. 적어도 어제까지는 그랬다. 아사코는 열쇠를 가지고 있으니 직접 문을 열어 들어갔지만, 며칠 전 시험 삼아 현관 벨을 눌러봤을 때도 아무 반응이 없었다.

대체 누가.

"예전 모습으로 돌아왔단 말이야……?"

"나는 그, 변한 모습의 아주머니를 본 적이 없으니 뭐라 말하기가 어렵긴 한데…… 이상한 점은 못 느꼈어."

"진짜……?"

"응. 살이 좀 빠진 것 같기는 했지만 밝으셨어. 표정도 좋았고."

하루아침 사이에 변했다고 믿기는 어려운데, 마음을 그새 추스른 걸까.

아니면 신이치 앞이니 그때만큼은 사나에가 아무렇지 않은 척을 한 것일까. 신이치를 만나기 전에도 누군가를 만났다는 건 그 사람과도 대화를 나눌 수 있는 상태였다는 뜻이다.

신이치의 말대로 아사코는 사나에의 친척이라 흐트러진

모습을 보였을 뿐 다른 사람들 앞에서는 예전처럼 행동하기 위해 정신을 가다듬을 수 있다는 것인가. 만약 그렇다면 우려했던 것만큼 위험한 상태는 아니라는 의미이다.

어제까지는 심한 충격으로 모든 의욕을 잃었지만 다른 사람이 찾아온 게 자극이 되어 다시 정신을 차리게 됐다면, 그것도 그것대로 좋다.

이러나저러나 신이치가 찾아가보기를 잘했다.

사나에가 예전 모습으로 돌아왔다. 지금 사나에의 집에 가면 예전의 아사코가 동경했던, 그 사나에를 만날 수 있는 것이다. 기쁜 감정이 아른아른 샘솟으면서도 여전히 믿기 어려웠다.

신이치가 거짓말을 하는 것 같지는 않았지만 자신이 가도 그런 모습이리라는 보장도 없었다. 사나에의 상태에는 기복이 있을지 모른다. 당장이라도 달려가 직접 확인하고 싶었다.

아사코는 완전히 말라 미지근해진 빈 병을 재활용 수거함에 넣고, 뒤숭숭한 마음을 붙들며 노을이 지기 시작한 하늘과 가게 벽에 걸린 시계를 번갈아보았다.

지금 찾아가면 의심스럽겠지.

아사코가 못 간다는 핑계로 신이치가 갔는데 그 직후에

아사코가 가면 어떤 말로 둘러대도 티가 날 것 같았다. 그럼에도 역시나 신경이 쓰였다.

최근 이 주간 자신이 봤던 사나에가 환영(幻影)이고, 가혹한 현실에 사나에가 상처받았다는 사실 자체가 거짓이고…… 만약 그런 거라면 얼마나 좋을까.

"사나에 씨가 누구를 만났는지는 몰라? 스즈오카 사장님은 아니지?"

다른 손님과 엇갈렸다면 그 사람을 보지는 못했느냐고 묻자 신이치는 글쎄, 하며 고개를 갸웃거렸다.

"도중에 초등학생 정도로 보이는 여자애를 본 정도야. 피아노 수강생이 병문안하러 왔나 싶었지만 말을 걸어보지는 않았어."

"학생들한테는 선생님이 아프시고 옮으면 안 되니까 오지 말라고 일러뒀어. 그러니까 수강생은 아닐 거야."

사나에라면 자신이 기운도 못 차리는데 수강생이 왔다고 해서 집에 들이지는 않았을 것이다. 그러니 수강생의 위로를 듣고 기운을 되찾은 건 아닐 터였다.

오늘 신이치보다 먼저 사나에를 만난 사람이 수강생이었다면 사나에는 수강생이 찾아왔을 때는 이미 상태가 좋았다는 뜻이니…… 사나에가 기력을 회복한 시점은 오늘

아침이나 어젯밤, 아사코가 돌아간 뒤일 것이다.

하지만 그렇게나…… 누구의 손도 닿지 않을 만큼 깊이 가라앉아 있던 사나에를, 누군가가 수를 써서 끌어올렸다니 믿기지가 않는다. 상상도 되지 않았다. 애초에 사나에가 좋아졌다는 사실 자체도, 신이치의 이야기를 들은 지금도 반신반의였다.

신이치는 신이치대로 아사코에게 들은 것과는 상반되는 사나에의 모습에 당황한 모양이었다. 아사코가 어제까지는 정말 눈 뜨고 못 봐줄 정도였다고 설명하려 들자 신이치는 그 사실은 의심하지 않는다며 서둘러 언급했다.

"아주머니가 목숨이 걱정될 정도로 위태로운 상태였다는 말은 믿어. 어제 네 모습을 생각하면…… 그래서 나도 깜짝 놀란 거야."

어제 신이치 앞에서 펑펑 울었다. 그 기억을 떠올리자 창피했지만 일단은 아사코의 망상이었다는 의심을 받지는 않으니 마음이 놓였다.

"하지만 이유가 뭐든 간에 사나에 씨가 회복했다면…… 회복 중인 거라면 좋은 일인걸. 안정된 상태가 이어지면 좋겠는데……. 너무 자극을 주지 않도록 한동안 상황을 잘 살펴볼게."

"그래."

신이치의 말대로 피붙이가 아닌 타인 앞이라 멀쩡한 척했을지도 모른다. 그러나 그것만으로도 충분했다. 겉으로라도 멀쩡한 척하며 다른 사람을 대할 수 있다면 앞으로 차차 회복될 것이다.

하지만 아직 방심할 수는 없다. 한동안은 혼자서 외출하지 않도록 하고, 요스케를 언급하는 것도 금지다. 스즈오카와 부모님에게도 일러둬야 한다.

아사코는 신이치가 본 게 환영이 아니기를, 사실이기를 간절히 빌며 신이치가 사이다를 다 마실 때까지 기다렸다.

아사코는 신이치와 헤어진 뒤 도저히 가만히 있을 수 없어서 사나에의 집으로 향했다.

신이치가 상황을 살피게끔 하고 그 후에 확인차 들렀다는 속내가 환히 드러난다면 사나에도 기분이 썩 좋지만은 않을 것이다. 어떤 핑계를 댈지 고민하며 문 앞에 섰다.

물건을 놔두고 온 것 같다고 하면 의심받지 않을 수도 있다. 예전에 머리핀도 그랬던 것처럼 아사코가 사나에의 집에 뭔가를 놔두고 그냥 와버리는 경우가 드물지 않으니 그 핑계라면 자연스러울지도 모른다. 내일까지 기다리면 좋겠지만 참을 수 없었다.

직접 확인해서 안심하고 싶다. 두 눈으로 보기 전까지는 믿을 수 없다.

기대감에 부푼 마음을 끌어안고 막과자점에서부터 달려 왔는데, 집에 가까워질수록 불안이 커지기 시작했다.

신이치가 잘못 본 거고 사나에는 어제와 같은 상태라면 어쩌지. 신이치 앞에서 괜찮은 척하느라 어제보다 더 안 좋은 상태가 되어버렸다면…… 그런 불길한 상상이 일자 아사코는 문 앞까지 와놓고도 선뜻 벨을 누르지 못했다.

문에 귀를 갖다 대봤지만 집 안의 기색을 알 수 있을 리 없었다. 숨을 크게 내뱉으며 각오를 다졌다. 반응이 없을 때를 대비해 열쇠를 가져왔으니, 아사코는 한 번 더 심호 흡을 하고 벨을 눌렀다.

네에, 하는 목소리가 들리고 얼마 후 문이 열렸다. 안쪽 에서 문을 연 사람은 사나에였다.

"어머, 아사코. 어서 와."

머리칼을 깔끔하게 한 다발로 묶고 블라우스 소매를 팔 꿈치까지 걷어 올린 채 앞치마를 두른 모습이었다. 집안일 을 하고 있었던 모양이다.

신이치의 말이 맞았다.

사건이 있은 후로 살이 빠진 상태이고 안색도 좋지는 않았지만 표정은 밝았다.

그 일이 있기 전의 사나에였다.

사나에의 미소를 본 것이 고작 이 주 전이었는데도 무척 오랜만인 것 같은 느낌이 들었다.

가슴속에서는 반가움이 복받치는데 머릿속은 혼란스러웠다.

아사코는 사나에가 어제까지 어땠는지 또렷하게 기억하는데 사나에는 아무 일도 없었다는 표정으로 서 있었다. 무슨 말이든 해야 한다고 생각하면서도 말이 나오지 않았다.

사나에는 "무슨 일 있니?" 하며 의아하다는 듯 아사코를 보고 고개를 갸웃거렸다.

"아뇨. 그게 아니고, 제가…… 뭘 놓고 온 것 같아서요. 찾아봐도 돼요?"

"물론이지. 뭘 잃어버렸는데?"

"그게…… 머리핀."

"또?" 사나에는 웃으며 대꾸했다.

아사코가 집 안으로 들어가 부엌 쪽으로 시선을 돌리자 싱크대 위의 식기 건조대에 찻잔 두 개가 놓여 있는 것이 보였다. 설거지를 막 끝낸 모양이었다.

"손님이 왔었어요?"

"아까 신이치가 보이더라. 바로 가긴 하던데. 네가 심부름을 보낸 거지?"

"아, 네…… 근처에 볼일이 있으니까 그 김에 들르겠다고 하길래…… 그런데 그 후에 머리핀을 놓고 온 게 생각났어요." 횡설수설하며 대답했다.

사나에는 딱히 이상해하는 기색도 없이 "그랬구나" 하고 고개를 끄덕였다.

아사코는 잃어버리지도 않은 머리핀을 찾는 척하며 사나에를 힐끔거렸다.

사나에는 부엌에 있었다. 아사코는 거실에 있어서 그 옆모습이 잘 보였다. 곧 저녁 식사 시간이다. 찻잔을 씻은 뒤 저녁 준비를 하려던 참이었나 보다.

"아사코, 반찬 고마워. 이제 밥 안칠 건데 같이 먹을래?"

"아뇨, 오늘은…… 집에 저녁 먹고 간다는 말을 하지 않아서요."

사나에는 그야말로 예전 그대로였다. 표정도 목소리도 자연스러워서 괜찮은 척 무리하는 것으로는 보이지 않았다. 어제까지의 사나에는 착각이었나 싶을 만큼, 요스케 소식을 알기 전으로 돌아간 듯했다.

어쩌면 전부 다 잊어버린 것 같은.

(잊어버린…….)

수강생들에게 들은 이야기가 떠올랐다.

그렇게 필사적으로 찾으려고 했는데 왜 지금까지 머리에 떠오르지 않았는지 모르겠다.

잊고 싶은 기억을 지워주는 괴인…… 기억술사.

(설마.)

녹색 벤치에서 기다려봤지만 아사코 앞에는 나타나지 않았다.

그러고 보니 역 게시판에 적은 메시지는 어떻게 됐을까. 신이치가 위험하다고 했으니 그가 지웠을 거라 짐작은 했는데 혹시 그대로 남아 있었을까.

그게 기억술사에게 닿은 것일까?

"사나에 씨, 저…… 좋아 보이네요."

"갑자기 무슨 소리니?"

"뭔가 좋은 일이라도 있나 해서요."

단도직입으로 물을 수는 없었지만 슬쩍 떠볼 요량으로 물어보았다.

'마냥 처져 있을 수는 없으니까'라든가 '이제는 정신 차려야지' 같은 대답이 나와준다면 사나에는 좌절할 만큼 좌절했다가 스스로 극복했다고 볼 수 있다.

하지만 행여나 처음부터 아무 일도 없었다는 듯이 반응한다면…….

"아무 일 없지만 그렇게 보인다니 좋은걸? 가능한 한 항상 웃으며 사는 게 좋잖니."

사나에는 냉장고의 신선실을 보며 눈을 동그랗게 뜬 채 "어머, 채소가 떨어졌네" 하고 혼잣말을 했다.

사나에가 장을 보지 않은 지 오래됐고, 아사코도 다 만들어진 반찬을 가져왔을 뿐 식재료를 사두지는 않았으니 당연하다.

별수 없다는 듯 찬장을 열어 말린 식재료를 꺼내 요리를 시작한 사나에에게, 아사코는 "그렇죠" 하며 적당히 대답한 뒤 흥겹게 요리하는 모습을 바라보았다.

예전으로 돌아왔다. 고상하고 밝고 온화한, 아사코가 동경하던 사나에였다.

어제까지의 일을 기억하는지 확인할 수는 없었지만, 아사코 눈에는 사나에가 쓰라린 현실을 딛고 일어선 게 아니라 그 현실을 알기 전으로 돌아가버린 듯 보였다.

의식적으로 외면하며 가혹한 현실을 없었던 일로 치부하는 중일까, 아니면…… 정말로 기억술사가 기억을 지워버린 것일까.

확인하고픈 마음은 굴뚝같았지만 어렵사리 사나에가 돌아왔다. 괜한 소리를 했다가 사나에가 다시 이상해질 수도 있다고 생각하면 무서웠다. 예전처럼 웃고 있는 사나에를 볼 수 있다면 그것만으로 충분했다. 이유 따위는 몰라도 된다. 정말 잊어버렸는지 확인할 필요도 없다.

적어도 지금은.

울음이 터져 나올 만큼 안도한 마음을 숨기고, 아사코는 헛기침을 했다. 목구멍 깊은 곳까지 꽉 막혀 울먹이게 될 것만 같았다.

사나에의 옆으로 다가가 "머리핀은 없네"라고만 말했다. 가까스로 아무렇지 않게 말할 수 있었다. 최대한 평소처럼 행동하기 위해 아사코는 건조대의 찻잔을 들어 마른 수건으로 물기를 닦아 식기 선반으로 옮겼다.

어제까지 테이블 위에 있던 브랜디 병은 유리 찬장 속에 있었다. 삼 분의 일 정도로 양이 줄어 있는 모습이, 아사코가 기억하는 어제까지의 사나에가 거짓이 아니었다는 걸 말해주고 있었다.

사나에가 브랜디를 따라 마셨던 유리잔도 깨끗이 씻긴 상태로 선반에 들어 있었다.

아사코는 병 옆에 잔을 두고 찬장의 유리문을 꼬옥 닫았다.

자잘한 일들만 돕고 오늘은 집에 가자. 부모님에게 이 일을 알려야 한다. 게다가 오래 있으면 눈물이 날 것 같았다.

"차는 신이치 오빠랑 마셨어요?"

"아니? 신이치는 바로 갔으니까…… 어라, 누구였더라."

사나에는 그렇게 말하고는 고개를 갸우뚱거렸다.

사나에는 피아노 교실을 쉰 것도 기억하지 못했다.

요스케에 대해 알게 된 이후의 기억이 통째로 날아가버린 듯했다.

아사코의 이야기를 들은 엄마는 반신반의했지만 다음 날 아사코와 함께 사나에의 집에 가서 직접 확인하고는 수긍하는 것 같았다.

아사코는 혹시나 엄마가 사나에를 자극하는 소리를 할까 봐 조마조마했지만 엄마는 괜한 말은 하지 않았고 아사코처럼 그 사건이 없었다는 듯 행동했다.

"분명히 너무 고통스러워서 기억에 뚜껑을 덮어버렸을 거야. 안쓰러워서 어쩌니." 엄마는 집에 돌아온 뒤 울상을 지으며 말했다. "정말 잊어버린 거라면 행운일지도 모르지만, 그렇게 되기까지 얼마나 힘들었을지……. 만약 연기라고 해도 너무너무 불쌍해. 그 일을 다시 언급하지는 말자꾸나."

그 보고서는 버려버리고, 우리는 더 이상 요스케에 대해 언급하지 말자.

엄마의 말에 아사코는 깊이 고개를 끄덕였다.

아빠 또한 '따지고 보면 당신이 얘기했잖아'라는 식의 비난은 하지 않았다.

사나에게 보고서 내용을 전한 사람은 엄마였지만, 사나에를 위한 행동이었다는 것은 아사코도 아빠도 알고 있었다.

분명 엄마는 사나에가 속았다는 사실조차 알지 못하고 요스케를 하염없이 기다리는 걸 그대로 두면 안 된다고 판단했을 것이다. 가족으로서 사나에를 사랑하고 걱정하기에 할 수 있는 생각이었다. 그러나 그 결과 사나에는 엉망진창이 되어버렸다. 엄마 역시 사실을 알린 걸 후회했을 터였다.

"진실을 모르는 게 행복할 테니…… 이모가 요스케 이야기를 하면 예전처럼 아무것도 모른다는 듯이 생글생글 웃으며 들어주면 돼."

"알겠어요. 그렇게 할게요."

조사 결과를 아는 사람은 스즈오카와 아사코, 부모님 정도였다. 신이치에게는 아사코가 말해버렸으나 신이치와 스즈오카에게도 입단속을 해서 다시는 사나에가 진실을 아는 일이 없도록 해야 한다. 기억이 없는 이 주 동안에 대해서는 사나에가 심한 열 때문에 누워만 있었다고 하기로 입을 맞췄다.

아사코와 아사코의 엄마가 몽롱한 상태였으니 기억나지 않을 것이라고 말하자, 사나에는 이해하지 못하는 눈치였지만 결국 그랬나 하며 거짓 설정을 받아들였다. 실제로 기억이 없으니 '의식이 없는 상태로 누워만 있었다'라고 말해도 강하게 부정할 수는 없었을 것이다.

며칠이 지난 후 사나에가 피아노 교실 수강생들에게 간식으로 주기 위해 과자를 만들며 "요스케가 좋아하던 거야" 하고 웃는 얼굴로 말했을 때, 아사코는 역시 잊어버린 게 맞구나 확신했다.

요스케를 말하는 것이 아니다.

요스케에 관한 조사 보고서의 내용과 진실을 알게 된 것을 잊어버렸다는 뜻이다.

아사코가 역에서 울며 기도한 대로였다.

아사코와 아사코의 엄마와 스즈오카가 사나에에게 잔혹한 현실을 들이밀면서 입힌 상처는 돌이킬 수 없을 터였다. 그것이 시간을 되감기라도 한 듯 사라지더니 없었던 일이 되었다.

그리고 지금도 사나에는 오지 않는 요스케를 기다리며 꿈속에서 살아가고 있다.

행복하다는 듯이.

분명 앞으로도 그렇게 살아가겠지.

아사코도 주변 사람들도 더 이상 그녀를 방해하는 일은 없을 것이다.

스즈오카는 다시 가게에 나오게 되었다. 신이치에게 무슨 이야기를 들었는지, 사나에에 대해서는 아무 말도 하지 않았다. 하지만 변함없는 미소로 물건을 사는 사나에를 보는 눈빛에는 안도감과 쓸쓸함이 깃들어 있었다. 신이치도 아무 일도 없었던 것처럼 사나에를 대해주었다.

아사코가 신이치에게 사나에의 기억이 지워졌다고 전하자 잘됐다고 하면서도 어딘가 복잡해 보이는 표정이었다. 그는 "스즈오카 사장님 마음을 생각하니 기분이 묘해서" 라고 말했다.

보고서는 아마도 엄마가 처분했을 테지만 아사코는 궁

금해하지 않았다.

모든 것이 제자리로 돌아왔다.

자신도 잊자고 생각했다.

아무것도 모르는 사나에게 맞춰 언젠가 요스케가 올 것이라고 믿는 척을 한다. 그러면 사나에는 예전처럼 평온하게 살아갈 수 있다. 그녀가 원하는 모습으로 지낼 수 있는 것이다.

별 신기한 일이 다 있네, 아빠는 고개를 갸웃거리며 그렇게 말했다. 엄마도 동의했지만 원인을 파고들 마음은 없어 보였다.

아사코는 알고 있다.

분명 기억술사다.

기억술사가 사나에의 기억을 지운 것이다.

어쩌면 역에서 아사코가 펑펑 운 날, 기억술사가 가까이에서 이야기를 듣고 있었을지도 모른다. 신이치는 뭔가 하고픈 말이 있는 듯했지만 아사코는 이 결과에 만족했다. 그리고 감사히 여겼다.

그야, 사나에는 웃고 있으니까.

그녀는 거짓이든 뭐든 따뜻한 세상에서 살았으면 좋겠다. 그 염원을 기억술사는 이뤄주었다.

역에 가보니 게시판에 아사코가 남긴 이름은 지워져 있었다. 신이치가 지웠을 수도 있고 역무원이 지웠을 수도 있고 다른 누군가가 지웠을 수도 있다.

기억술사가 볼지는 모르겠지만 아사코는 거기에 '고마워요'라고 적었다.

*

"오빠, 오랜만이야." 수화기 너머의 목소리가 말했다. "나, 아사코야."

처음에는 누구인지 몰랐는데 이름을 들으니 추억이 되살아났다.

신이치가 젊었을 때 가까이 살았던, 여동생처럼 여겼던 여자아이. 대체 몇 년 만일까. 반가움으로 입가에 미소가 번졌다.

"아아, 아사코. 이게 얼마 만이야."

신이치가 그렇게 답하자 아사코는 기쁘다는 듯 웃으며 말했다.

"이렇게 목소리 듣는 것도 오랜만이네."

옛날에 이웃지간이었던 아사코는 선을 보고 결혼했고

지금은 간사이에 살고 있다.

결혼한다면 신원이 확실한 사람과 해야지, 라고 말하며 본인이 직접 선을 보고 싶어 했다고 들었을 때는 사나에 사건 때문에 남자를 못 믿게 된 것은 아닌지 걱정스러웠다. 하지만 다행히 그녀의 남편은 성실한 사람이었던 듯했다. 전해 들은 바로는 그녀의 결혼 생활이 평탄했고 두 자녀가 모두 성인이 된 데다 손주도 두었다고 한다.

가까이 살 때는 친하게 지냈는데 혈연관계는 아닌지라 거리가 멀어지자 만날 기회도 아예 없어져버렸다. 지금은 매년 연하장을 주고받는 정도가 되었다.

오늘은 손녀가 올 예정이지만 손녀가 오기까지는 아직 여유가 있다. 신이치는 한동안 아사코와 느긋하게 통화하기로 했다. 뭔가 할 말이 있어 걸었을 테고, 할 말이 없다고 해도 일단은 반가웠다.

근황과 서로의 가족 이야기를 하는 동안 거리감은 금세 옛날로 돌아갔다. 얼마 후 화제는 예전에 돌아가신 그녀의 이모, 사나에의 이야기로 옮겨갔다.

"손주한테도 얘기해줬어. 정말 멋진 사람이었다고. 그랬더니 녀석이 사나에 씨를 나랑 띠 동갑 정도 되는 큰언니라고 생각한 모양이야. 나중에야 그걸 알고는 사나에 씨는 우리 엄마의 언니다. 내가 열일곱이었을 때 사나에 씨는 지금의 나보다도 나이가 많은 할머니였다고 말하니까 깜짝 놀라더라고. 나이는 둘째치고 할머니라는 느낌이 전혀 없었지. 소녀처럼 사랑스럽고 우아했으니까."

"그건 손주가 들은 이야기 속의 아주머니가 아사코의 눈으로 본 아주머니라서 그런 거야. 아주머니는 네가 동경하던 분이었으니까."

"맞아. 하지만 아무리 동경해도 그렇게는 못 되겠더라."

아사코도 어느덧 그 시절의 사나에와 비슷한 나이가 되었다.

아사코는 신이치보다 어렸지만 결혼을 빨리 해서 그녀의 손주는 벌써 중학생이었다. 신이치의 손녀는 이제 막 여섯 살이 됐다.

"전쟁터에 나간 후로 돌아오지 않았다고 들어서 요스케가 죽은 줄로만 알았는데 가정이 있었다니, 지금 생각해도 너무하지."

"그러게 말이야." 신이치는 맞장구를 쳤다.

당시의 일은 선명히 기억한다. 신이치를 돌봐줬던 스즈오카가 오랫동안 짝사랑한 사나에는 어딘가 구름 위를 거니는 듯한 서양의 귀부인 같은 여성이었다. 아름다우면서도 가냘프고, 백발에 하얀 피부가 마치 눈의 요정 같은 분위기를 풍겼으니 스즈오카가 반한 것도 이해할 수 있다. 연모라기보다는 숭배의 대상 같았다.

돌아오지 않는 남편을 기다리는 다부진 그녀를, 스즈오카는 몇 년이나 지켜보며 그녀가 불편하지 않도록 적당한 거리를 두고 친구로 지냈다. 그때 탐정 사무소에 의뢰해 요스케의 행방을 알아본 것도 결코 나쁜 의도가 있어서가 아니었던 것이다.

"사나에 씨는 남편이 전사했다는 소식이 없으니 어쩌면 살아 있을지도 모른다고 믿었지만…… 소식이 없는 게 당연했어. 요스케의 집은 따로 있었고 사나에 씨는 부인이 아니었으니까…… 죽었다고 해도 소식이 올 리 없었지. 하지만 그 시대는 워낙 어지러워서 그런 일이 비일비재했으니…… 분명 소식이 오다가 끊겼거나 생사를 확인할 수 없는 상태일 거다, 그래도 살아 있지는 않을 거다, 사나에 씨를 제외한 다른 사람들은 다 그렇게 생각했잖아."

어쩌면 사나에도 머릿속 어딘가에서는 그렇게 생각했을지 모른다. 그래도 혹시나 하는 희망이 그녀를 지탱했다.

언젠가 그가 돌아온다면 그때를 위해 사랑하는 사람에게 부끄럽지 않을 모습으로 있고 싶다는 마음, 그리고 설

령 돌아오지 않는다 해도 사랑받았다는 긍지와 자신감이
그녀의 아름다움을 자아냈었다.

"사나에 씨는 결국 내연녀였던 거지. 어쩌다 그렇게 됐
는지 물어볼 수 없으니 사정은 모르지만…… 사나에 씨는
세상 물정을 몰랐고 요스케와 함께 지낸 건 젊었을 때였다
고 하니, 속으면서도 속는 걸 몰랐을지 몰라. 그렇게 생각
하면 요스케를 더더욱 용서할 수 없지만 그 악행을 알았을
때는 이미 죽은 뒤였는걸."

화를 낼 대상도 없었지, 아사코는 한숨 섞인 말을 내뱉
었다. 그 목소리에 사나에를 배신한 요스케에 대한 강한
원망은 느껴지지 않았다.

"사실을 알게 된 직후에는 사나에 씨가 걱정돼서 그럴
겨를이 없었고, 사나에 씨가 기력을 되찾은 후로는 다시
둘의 추억 이야기만 잔뜩 늘어놔서…… 결국 이웃들 사이
에서 요스케와 사나에 씨는 좋은 부부였다는 걸로 암묵적
인 결론이 났잖아. 석연치는 않았지만 어느샌가 나까지 화
낼 타이밍을 놓쳐버렸어."

"아주머니가 그만큼 좋은 얘기만 들려줬으니 싫어하기
도 쉽지 않지. 동경하던 분이 가장 사랑한 사람이니까. 조
사 결과는 사실이지만 뭔가 착오가 있었던 건 아닐까, 사

정이 있었던 건 아닐까, 그런 생각이 들 정도로……. 아주
머니 가족들 입장에서 보면 그 사정이 무엇이든 간에 용서
할 수 없었겠지만.”

내막을 아는 사람들 모두 사나에의 행복이 우선이라 생
각했으니 요스케의 배신이 공공연히 드러나는 일은 없었
다. 가장 큰 피해자인 사나에가 피해 사실 자체를 잊어버
렸는데 주변 사람들이 분노를 표출하기도 어려웠다.

사나에가 행복하다면 그걸로 됐다고, 결국 그렇게 결론
을 내버렸다.

모두가 사나에를 아꼈다. 그렇기에 사나에가 진실을 알
아버렸다는 이야기를 들었을 때 스즈오카도 크게 낙담했던
것이다.

아사코가 사나에를 보는 게 힘들었듯 신이치 또한 그런
스즈오카를 보는 마음이 괴로웠다. 사나에도 걱정됐지만
사나에에게 무슨 일이 있으면 아사코와 스즈오카마저 어
떻게 되어버리는 것은 아닐지 걱정이었다.

그래서 아사코가 역 벤치에서 기억술사를 기다린다는
걸 알았을 때는 착잡한 기분이었다. 그때는 신이치도 꽤나
망설였던 것이다.

“오빠, 그래서 말야……. 얼마 전에 생각났어. 기억술사

얘기…… 기억해? 이제는 거의 안 들리지만." 아사코가 아주 살짝 목소리를 낮추며 말했다. "사나에 씨의 기억을 지운 게 정말로, 기억술사였을까?"

아사코가 기억술사 얘기를 하는 것이 얼마 만일까. 이십 년, 삼십 년. 더 오래전일지도 모른다. 무언가의 예감을 느끼고 신이치는 마음속으로 그에 대응하기 위한 준비를 했다.

이내 경계심이 드러나지 않도록 주의하며 조심스레 입을 열었다. "글쎄, 개인적으로는 미심쩍긴 하지만……. 사나에 아주머니의 기억이 지워진 게 사실이라면 어쩜 그랬을지도 모르지. 하지만 확인할 길이 없잖아."

그렇지, 라고 아사코는 동조하면서도 아직 할 말이 있는 듯했다.

오랜만에 아사코가 자신에게 전화를 건 것도, 기억술사 이야기를 꺼낸 것도, 그저 우연은 아닐 것이다. 본론은 지금부터인 듯했다. 신이치는 잠자코 기다렸다.

주저하는 것인지, 잠시 침묵한 뒤에 아사코는 가까스로 말을 꺼냈다. "유리코가 그…… 결혼하고 싶은 사람을 데려오겠다고 했는데, 헤어져버린 것 같아. 무척 마음이 아팠는데, 얼마 전에 경찰이 집에 찾아왔더라고……. 어쩌면 그 사람, 결혼사기단이었을지도 몰라."

유리코는 아사코의 둘째 딸 이름이었다. 신이치도 만난 적이 있다. 마지막으로 본 게 유리코가 중학생일 때였던가.

느지막이 생긴 둘째여서 아사코 부부가 몹시 예뻐했었다. 첫째 딸은 결혼을 했고 유리코는 지금도 아사코 부부와 함께 살고 있을 터였다.

"유리코가 큰 충격을 받고 너무 힘들어해서, 차마 그 모습을 볼 수가 없어……."

아사코는 거기까지 말하고 말을 삼켰다.

유리코가 그런 일을 겪었다고 생각하니 신이치도 가슴이 아팠다. 엄마인 아사코의 목이 메는 것도 당연하다. 하지만 분명 그게 끝은 아니다. 그녀는 이제부터 하려는 이야기에 긴장하고 있는 것이다.

아사코는 어딘가 조심스럽다는 듯 신중한 음성으로 말을 이어갔다. "그때 사나에 씨를 도와준 기억술사가 유리코한테도 와주면 좋겠다…… 그런 생각이 들었어."

그녀에게 확신은 없을 것이다. 그러나 어쩌면 어렴풋이 느낀 게 있을지도 모른다.

아사코의 바람대로 사나에의 기억이 지워진 지 수십 년이 지났다.

당시 여고생이었던 아사코는 그것이 기억술사의 소행이

라고 믿었다.

그때는 그저 안도하고 감사하고 뜻밖의 행운에 기뻐할 따름이었지만, 시간이 지나고 냉정해지면서 그게 어떤 상황이었는지 곱씹을 기회도 있었을 것이다.

기억술사가 어떻게 그녀의 소원을 알았고 언제 사나에의 기억을 지웠을까. 그런 생각을 하다가 불현듯 '혹시 그게……' 하며 이전까지는 생각지 못했던 사실을 깨닫게 되는 경우도 있다.

그녀가 대답과 도움의 손길을 원한다는 것은 느껴졌다. 희망을 품고 전화를 걸었다는 것도.

하지만 원하는 걸 내어줄 수는 없다.

신이치는 꽤 오래전에 그렇게 정했다.

"유리코는 지혜롭고 강한 아이야. 지금은 힘들지도 모르지만 분명 극복할 수 있을 거야. 너처럼 걱정해주는 가족이 옆에 있잖아."

고요히, 부드럽게, 내친다는 느낌이 들지 않도록.

아사코의 친구로서도, 스가와라 신이치라는 한 사람으로서도 성실히 대답했다.

기억술사가 아사코 앞에 나타나는 일은 없을 것이다. 두 번 다시는.

그것은 딱 한 번뿐인 예외였다.

실은 사나에에게도 모습을 드러내지 않을 작정이었다. 아사코의 눈물과 스즈오카가 힘들어하는 모습에 흔들리고, 실제로 목격한 사나에의 초췌한 모습에 동요해서 이게 마지막이라고 스스로 정한 맹세를 어겼다.

그때는 이미 기억술사의 활동을 멈춰 오랜 풍문 속의 존재가 된 상태였다. 그런데 이 무슨 운명의 장난인지, 신이치와 가깝게 지내며 여동생처럼 아끼던 아사코가 그 존재를 알아버렸다. 그것도 그녀가 절실히 필요로 할 때.

후회한다고까지는 하지 않겠다. 그걸로 됐다고 지금은 생각할 수 있지만 신이치는 그 후로도 사나에의 기억을 지운 것이 옳은 선택이었는지 머릿속이 복잡했다.

소중한 사람들의 고통과 슬픔에 맞닥뜨렸을 때, 잘못인 것 같으면서도, 더 이상은 쓰지 않겠노라 결심한 능력이어도, 사람은 그것을 쓰고 만다.

지운 뒤에는 돌이킬 수 없는데도. 그저 홀로 하염없이 그게 옳았는지 끊임없이 되새기게 되는데도. 그러면서도 도울 수 있다면 해보자고 생각해버린다.

하지만 이제는 정말 그만뒀다.

더 이상 기억술사는 없다.

신이치가 할 수 있는 건 친구로서 아사코에게 말을 건네는 것뿐이었다.

"네가 곁에서 힘이 되어주면 분명 괜찮을 거야."

그냥 하는 말이 아니라 진심을 꾹꾹 눌러 담은 말이었다.

아사코는 수화기 너머에서 작게 숨을 삼키는 듯했다.

"……그렇겠지? 갑자기 괜한 얘기를 꺼내서 미안해."

잠시 침묵한 뒤 밝은 목소리라고는 할 수 없었지만, 아사코는 평온한 어조로 그렇게 말하더니 화제를 바꿨다.

그녀는 분명 알아챘을 것이다.

싱거운 세상 이야기를 하는 동안 목소리에서 어색함이 안개처럼 걷혀갔다. 그녀는 스스로 매듭을 지은 모양이었다. 사실은 아사코도, 분명 알고 있었던 것이다.

"오늘 손녀가 놀러 오기로 했어. 지금 딸네 집이 공사 중이라 세 가족이 맞은편에 있는 할머니 집에 있는데, 소꿉친구인 남자애랑 같이 우리 집에 오겠다고 하더라고."

"그렇구나, 기대되겠네. 마키, 이제 많이 컸지?"

시간을 많이 뺏으면 안 되겠어, 하며 아사코는 대화를 마무리했다.

마지막으로 "고마워, 오랜만에 통화해서 좋았어"라고 말해주었다.

신이치가 수화기를 내려놓은 그때, 벨소리가 울렸다.

마키가 왔다.

신이치는 손녀를 맞이하기 위해 현관으로 향했다.

오후 다섯시 이십이분,
관람차 안에서

관람차에서 본 경치는 저녁노을을 받아 투명한 오렌지 빛으로 물들어 있었다.

　"회전목마도 그렇고 매점도 그렇고, 위에서 보니까 장난 감 같아." 멀어지는 지면을 내려다보며 마키가 중얼거렸다.

　료이치는 관람차에 별 흥미가 없었다. 마키가 타고 싶어 하니 같이 탔을 뿐인데 눈 밑으로 펼쳐진 경치가 점점 작 아지는 광경은 생각했던 것보다도 기분이 좋았다.

　곤돌라가 올라갈수록 시야가 넓어지더니 놀이공원 부지 안뿐 아니라 주차장과 그 앞에 있는 고속도로, 호텔 같은 곳까지 내다보였다.

　"그러고 보니까 관람차는 처음 타보는 것 같다."

"앗, 진짜? 나도 마지막으로 탄 건 어릴 때이긴 한데."

"응. 기억하는 한은 처음이야."

잔뜩 들뜬 채로 놀이공원에 왔던 어린 시절에는 더 자극적인 놀이 기구가 매력적이라고 생각했다. 게다가 최대한 많이 타고 싶으니 한 바퀴 도는 데 시간이 제법 걸리는 관람차는 굳이 타고 싶지 않았다. 기억이 나지 않을 정도로 어렸을 때는 어땠는지 모르겠지만 적어도 기억하는 범위 내에서는, 료이치는 관람차를 타본 적이 없었다.

그렇구나, 처음이구나. 마키는 왠지 기쁘다는 듯이 말했다.

"그 반응 뭐야."

"그냥."

그러고 보니 초등학생 때도 마키와 놀이공원에 온 적이 있다. 부모님과 함께. 그때는 키 때문에 타지 못한 놀이 기구도 있어 아쉬워했었다. 그때도 관람차에는 탈 수 있었을 텐데 탄 기억이 없다는 건 아마도 타고 싶다는 생각을 하지 않았다는 뜻이겠지. 마키는 탔던가. 기억이 나지 않는다.

어린 시절의 료이치처럼 생각하는 손님이 많은지, 이번에도 전혀 기다리지 않고 바로 탈 수 있었다. 다른 곤돌라도 반 정도는 비어 있다.

관람차의 속도는 생각했던 것보다 느렸다. 한 바퀴 도는데 십칠 분이 걸린다고 적혀 있긴 했다.

"이런 게 왜 있는지 모르겠다고 생각했었어. 높기만 하고 스릴은 없지, 어린애 입장에서는 따분했을 거야."

"오늘 어땠네, 재미있었네, 아마도 경치를 보면서 그런 얘기를 하지 않을까?"

"확실히 경치가 좋긴 하네."

놀이공원의 주요 고객층을 생각하면, 그 중심에 있을 어린이들에게는 놀이공원에서 경치를 즐긴다는 발상은 없을 것이다.

"관람차는 데이트의 기본 코스란 말이야. 자, 모처럼 왔으니까 연습해야지. 관람차에서 센스 있는 말을 하느냐 못하느냐에 따라 인상이 완전히 달라질 거야."

"연습은 무슨 연습이야."

그러고 보니 오기 전에도 그런 말을 했다는 걸 떠올렸다. 하지만 데이트도 상대 나름이다. 연습이 의미가 있을 것 같지는 않았다.

게다가 좋아하는 상대라면 애초에 둘이서 관람차를 타기까지가, 혹은 그 전 단계인 놀이공원에 오는 정도까지 관계를 진전시키는 것 자체가 어렵지 않은가.

속으로 그런 생각을 했지만 마키에게 얘기해본들 무슨 소용이 있으랴.

료이치가 선뜻 동조하지 않아서인지 마키는 시시해하는 눈치였지만, 이윽고 창밖으로 시선을 돌리더니 엉거주춤 발돋움을 하듯 일어섰다.

"이 관람차, 꼭대기까지 가면 바다도 보인대. 우리 반 남자애가 그랬어. 이 높이에서는 아직 안 보이네."

"오호."

마키는 료이치를 흘깃 쳐다보더니 말을 이어갔다.

"있지, 곤돌라가 꼭대기에 있을 때 고백하면 이뤄진다는 징크스도 있대. 걔가 다음에 같이 가자고 했는데 거절했어. 그래도 관람차는 타고 싶더라고."

그러던 차에 공짜 티켓이 생겨 료이치에게 같이 가자고 했다는 것이다. 그 말을 듣자 료이치는 마키를 쳐다볼 수밖에 없었다.

"너 못됐다. 그거 데이트 신청이잖아. 아니, 이미 고백받은 거나 마찬가지인데?"

중학생 남자아이가 그런 로맨틱한 징크스를 입에 올리기까지, 그리고 여자아이에게 놀이공원에 같이 가자고 말하기까지는 상당한 용기가 필요하다. 그 아이는 마키를 좋아하는 것이다.

료이치가 어이없다는 투로 말하자 마키는 토라진 듯 대꾸했다.

"그것도 거절했단 말이야." 그러고는 이내 작은 목소리로 덧붙였다. "좋아하는 사람이 있다고, 제대로 말했어."

"……아."

반응이 늦은 이유는 동요했기 때문이었다.

목소리는 평정을 유지하려 애썼지만 표정으로는 드러났을지도 모른다.

고백받았다는 말을 들었을 때는 그렇게까지 놀라지 않았는데, 마키가 좋아하는 사람이 있다는 말을 들으니 왜 당황스러운 것인지 스스로도 알 수 없었다.

중학생이라면 좋아하는 사람이 있어도 이상할 게 없다. 그럼에도 한 번도 생각해본 적이 없었다. 매일 료이치의 집에 얼굴 도장을 찍고 주말에도 스스럼없이 들이닥쳤으면서 언제 다른 사람을 좋아할 여유가 있었던 거지. 같은 학교의 학생인가.

매일같이 얼굴을 보면서도 마키가 누군가를 좋아한다는 사실을 전혀 눈치채지 못했다. 그것이 속상하기도…… 왠지 허전하기도 한 기분이었다.

마키에게 남자친구가 생긴다면 마냥 기쁘지만은 않겠다는 생각도 들었다.

왜일까.

……왜지?

자신에게 여자친구가 없으니 아니꼬운 걸까. 홀로 남겨지는 것 같은 기분이 드는 건가? 만약 그렇다면 그지없이 한심하다.

"료 오빠."

자신이 동요하고 있다는 사실에 또다시 동요하느라 건성으로 대답을 했다.

"음?"

"오빠야."

"뭐가……."

뭐가 뭐냐고 물을 생각에 마키 쪽을 돌아보다가 정면에서 날아오는 시선에 부딪혔다.

마키는 이쪽을 똑바로 쳐다보고 있었다.

"나, 료 오빠를 좋아해."

눈을 끔벅거리고, 마키의 시선을 받아들이고, 몇 초 후.

좋아한다고?

(……나를?)

가까스로 그 말의 의미를 이해할 수 있었다.

얼떨결에 멀뚱멀뚱 쳐다봤지만 마키는 눈을 피하지 않았다.

곤돌라는 때마침 정상에 도달했고, 저녁 해가 마키의 뺨에 닿아 반짝이고 있었다. 꼭 쥔 두 손을 자신의 무릎 위에 가지런히 올린 채 단단히 각오한 듯한, 진지한 표정이었다.

지금껏 본 적 없는 마키의 모습이다.

생각지도 못했던 고백에 어쩌면 좋을지 갈피를 잡을 수 없어 아무 말도 하지 못했다.

머리가 돌아가지 않았다.

자신이 지금 어떤 표정인지 료이치는 알 수 없었다. 하지만 입을 앙다물고 대답을 기다리던 마키의 얼굴이 구깃구깃 일그러지는 걸 보니 난처한 표정을 짓고 있었을지도 모른다.

마키는 자신이 거절할 말을 찾고 있다고 생각했을지도 모른다.

그런 마음이 아닌데.

(아, 운다.)

울려버렸다.

바로 알아챌 수 있다. 마키의 울상이라면 어릴 때부터

몇 번이나 봐왔다. 중학생이 된 이후로는 우는 모습을 본 적이 없었지만 그 때문일까. 눈에 익은 모습인데도 지금 마키의 얼굴은 어렸을 때 봤던 것보다 훨씬 더 마음이 아팠다.

"미⋯⋯."

미안. 앗, 아니야. 싫다거나 그런 게 아니라⋯⋯.

료이치가 설명하려고 입술을 떼려던 그때, 마키가 건너편 의자에서 일어나 팔을 뻗었다.

서서히 가까워지는 손을 보았다. 손가락 끝까지 노을빛으로 물들어 있었다. 어설프게 눈을 가리듯, 료이치의 말을 자르듯, 마키의 손바닥이 이마에 닿았다.

옮긴이 김수지

전남대학교 일어일문학과를 졸업하고 이화여자대학교 통역번역대학원에서 통역학 석사 학위를 받았다. 현재 전문 번역가 겸 프리랜서 통역사로 활동 중이다. 옮긴 책으로는 『신의 카르테 2: 다시 만난 친구』, 『신의 카르테 4: 의사의 길』, 『영매탐정 조즈카』, 『가끔 너를 생각해』, 『오늘 밤, 로맨스 극장에서』, 『벚꽃 같은 나의 연인』, 『도시의 세계사』, 『트라페지움』, 『미래의 미라이』 등이 있다.

기억술사 0: 기억의 원점

1판 1쇄 인쇄 2022년 4월 1일
1판 1쇄 발행 2022년 4월 18일

지은이 오리가미 교야 **옮긴이** 김수지
펴낸이 김영곤 **펴낸곳** (주)북이십일 아르테
책임편집 원보람 **디자인** 박지영
아르테본부 문학팀 장현주 임정우 김연수 최은아
해외기획실 최연순 이윤경
출판마케팅영업본부 본부장 민안기
출판영업팀 김수현 이광호 최명열
마케팅2팀 나은경 정유진 박보미
제작팀 이영민 권경민

출판등록 2000년 5월 6일 제406-2003-061호
주소 (우 10881) 경기도 파주시 회동길 201(문발동)
대표전화 031-955-2100 **팩스** 031-955-2151

(주)북이십일 경계를 허무는 콘텐츠 리더

아르테 채널에서 도서 정보와 다양한 영상자료, 이벤트를 만나세요!
페이스북 facebook.com/21arte **인스타그램** instagram.com/21_arte
포스트 post.naver.com/staubin **홈페이지** arte.book21.com

ISBN 978-89-509-0001-4 (04830)
     978-89-509-6963-9 (세트)